가을잎은
무사들

1쇄 발행 2025년 6월 1일

지은이　움둘
디자인　한웅이앤피
펴낸곳　큰곰
등　록　2009년 6월 10일 제321-2011-011호
주　소　서울 중구 필동2가 15-7 동인빌딩 5층
전　화　010-9126-9150

ⓒ 움둘 2025
ISBN 979-89-97495-23-9

* 이 책은 저작권법에 의해 보호를 받으므로 무단전재와 무단복제를 금합니다.
* 잘못된 책은 구입하신 서점에서 바꾸어 드립니다.

가은 잎은 무사들

| 움둘 지음 |

큰곰

Contents

1. 만남 •7
2. 어느 세미나 •18
3. 외래 •23
4. 인연 •28
5. 운동이상증 •34
6. 증명 •41
7. 어느날 •45
8. 역공 준비 •52
9. 킹덤 프로젝트 •57
10. 시작은 미미하나 그 끝은 창대하리라 •64
11. 첫 시작 •77

12. 열사의 바람, 우리 안의 역풍 •85

13. 전쟁의 서막 •95

14. 우연 같은 필연 •109

15. 한계 •117

16. 스마트 스템셀로 갑시다 •133

17. 창립 •144

18. 문명의 태동지 •152

19. 좋지 않은 카르텔 •164

20. 신의 자물쇠, 인간의 열쇠 •173

21. 완성의 조금 전 •185

1
만남

"세상 일에는 신의 한 수라는 게 있는 거야. 우리가 1592년에 그 큰 임진왜란이라는 전쟁을 치렀는데 조선이 멀쩡히 그대로 300년을 더 갈 수 있었던 까닭이 뭔 줄 알아? 유성룡이라는 인물이 전쟁 전에 포석을 끝냈기 때문이지. 임란 직전에 보병이던 이순신을 전라좌수사로 앉히고 권율 장군을 한강 하류변 즉, 지금의 강서구 마곡지대에 배치시켰기 때문이지. 이런 것이 신의 한 수라는 거야. 임진왜란이라는 전쟁은 엄청난 전쟁이었단 말이야. 당시에 명과 왜가 국가 전력을 최대한 투입한 전쟁이었고 나중에 서로 힘드니, 두 나라 모두 적당히 조선반도 중간에서 화친을 맺고 나눠 먹으려는 생각을 하고 있었는데, 걔들 마음대로 안 되었지. 결국 조선이 이기게 되었고 정작 조선보다 더 덩치가 컸던 명나라와 일본은 임진왜란의 후유증으로 왕조가 바뀌어 버렸는데 말이야. 그랬지만 그 후 조선 말에는, 즉 구한말에는 이 신의 한 수가 없었기 때문에 일본에 먹힌 거야. 알간?"

어느 노교수가 전공의들 몇 명을 앉혀 놓고 일장 역사 강의를 하는 소리가, 늦은 오후 석양이 슬슬 스며들어오는 55병동 틈 넘어 울리고 있었다. 고석은 이제 새로 임용을 받고 부임한 이곳이 다소 의외의 기운이 감도는 곳이라는 것을 직감한다.

"내 연구실은 어디지?"

어둑해서 팻말에 적힌 교수 이름들이 잘 눈에 들어오지는 않았지만 복도 끝부분에 벽에 박힌 명패꽂이에 이름 없이 비어 있는 방이 있어, 그는 자기가 지낼 연구실임을 알 수 있었다. 병실에서는 다소 가까우나 비서실과는 비교적 떨어져 있는데, 커피는 스스로 타 마셔야 할 거라는 짐작부터 하며, 그렇지만 다행히 이곳에서도 최소한 그가 원할 때면 쉽게 커피를 마실 수 있겠다는 커피광의 본색이 살아나는 자신을 느낀다.

고석은 의대생 때부터 열심히 했던 검도를, 병원생활을 시작한 인턴 이후로 놔 버려 불어난 체중으로 다소 큰 덩치를 지니고 있었다. 앞머리는 좀 없지만 그대신 옆머리가 빨리 자라서 항상 귀 뒤로 빗어 넘기는 모습이었고, 곱슬 뒷머리는 귀를 향해 앞으로 구부러져 그의 강한 성격을 다소 감추고 있었다. 큰 덩치와 함께 서있을 때 양다리를 어깨너비만큼 무의식 중에 벌려 서는 습관 때문에 마주서는 사람은 고압감을 느낀다. 그래서인지 '옛날에 태어났으면 장수라도 했을 것이야'라는 얘기를 자주 듣는다.

"안녕하십니까. 이번에 새로 임용받은 고석입니다. 잘 부탁드립니다."

마침 복도 중간쯤에 반쯤 열린 방이 있길래 살짝 들여다보고, 고석은 학회에서 자주 멀리서 바라봐 알고 있는 민

철수 교수라는 것을 직감했다. 그리고 방문을 밀면서 인사를 했다. 모두가 퇴근한 늦은 오후에 혼자 방에서 무언가 하고 있다는 것은 남보다 지난한 노력으로 이 자리까지 올라왔다고 웅변하는 것 같다.

하얀 백발로 변색되어 앞이마가 벗어지고 옆머리를 길게 길러 귀 근처에서 가로로 자른 모습은 〈아마데우스〉라는 제목의 영화에서 모차르트를 괴롭히는 살리에르 같은 느낌을 주었다. 인기척에 놀라며 보았지만 무표정하고 다소 경계를 하는 얼굴로 '살리에르'가 고석을 바라본다. 그는 고석과 같이 신경외과학에서도 척추 분야를 전공하는 교수다.

"아, 닥터 고인가 보군, 온다는 얘기는 들었는데, 반갑군."

수초간 방문 밖에서 서있는 고석을 바라본 민 교수는 나지막하고 느린 목소리로 반갑다고는 하지만 묘한 경계감을 느끼게 했다. 고석은 악수 없이 말로만 인사를 대신하는 살리에르에게서 뭔가 약간 그를 향한 조용한 전투의식이 꿈틀댐을 느낀다.

이윽고 복도 한쪽 끝에 있는, 명패틀이 비어 있는 방문을 열고, 들고 온 노트북 가방을 소파에 던지며 고석은 내일 무엇부터 챙길까 하는 생각을 하며 석양이 드러눕는 연구실의 창문을 바라본다.

"코드블루 55병동 신경외과아…, 코드블루 55병동 신경외과아…"

어제 늦게 온 응급실 경막하 뇌출혈 환자를 수술하고 연구실에서 잠을 자다가 고석은 천정에서 흘러나오는 방송 소리에 새벽 눈을 뜬다. 방송 소리는 멀리서 병동 복도의 스피커에서도 흘러나와 층 전체에 공명을 일으키고 있었다.

"코드블루 55병동 신경외과아…"

항상 다섯 번을 반복 공지하는 응급소생술 방송. 55병동 신경외과란 소리에 고석은 입고 있던 녹색 수술복에 흰 가운만 걸치고 병동으로 달려간다. 이미 EMAT 팀(응급기도확보 팀)과 마취과에서 온 CPR(심폐소생술) 당직팀으로 2인용 병실은 붐비고 있었다. 소생술을 지휘하는, 아마 마취과 팀 중 한 명으로 보이는 젊은 의사가 재빨리 지시한다.

"에피 원앰플! 아트로핀 원앰플!"

"인턴선생 ABGA(동맥혈 가스분석) 내보고!"

"브이텍 뜹니다!"

간호사가 다급히 외친다.

그 의사가 다시 신속히 외친다.

"디씨 100주울 충전! 자 다들 떨어지고! 샷!"

그러자 이미 충전시킨 전기 충격 패드를 들고 있던 또 다른 의사가 환자의 오른쪽 쇄골 밑과 왼쪽 심장 부위 두 군데에 패드를 대고 스위치를 누른다.

환자의 몸이 전기 충격에 한 번 털썩인다.

지켜보던 첫 번째 의사가 냉정하게 다음 수순대로 지시를 한다.

"이케이지 플랫해요!", "마사지 다시!" …

그저께 수술한 살리에르의 환자다. 척추수술 후 바이탈이 문제가 되는 경우는 드물다. 다리에서 생긴 혈전이 폐로 가서 색전증을 일으켰거나, 복부의 지방질이 다량으로 폐로 올라가 혈관을 막는 지방색전, 혹은 폐 흡인 등이 원인일까 추측은 해봤지만 대응팀이 와서 심폐소생술이 한창이므로 고석은 다시 연구실로 돌아온다.

이른 아침이지만 살리에르의 방문은 열려 있고, 그 안에서 뭔가 자판 토닥거리는 소리가 들린다.

'병실에서는 본인의 환자가 CPR 중인데도 본인은 병실로 나가지 않았군.'

이날 오후 구도식 교수가 불렀다. 그는 정위기능 신경외과라는 신경외과학 영역 중에서도 매우 특수한 분야를 연구하는 교수이고, 고석의 모교 선배다.

"오, 고 교수, 여기 의중병원에 온 걸 축하허요, 요즘 지내기는 어떻소? 어따, 덩치 본께 힘 좋아 보여부네, 척추 수술 잘 허게 생겼소!"

구도식 교수는 모교 의국 9년 선배지만 꼬박 말을 올려준다. 일찍 흰머리가 생긴 것과 은테 안경 뒤로 부리부리한 큰 눈이 합쳐져 긴박한 수술 순간에 곧잘 신경을 곤두세우는 외과의사답지 않아 보였고, 오히려 내과 신사 같은 느낌을 주는 선배다.

"근디 말이여, 내가 그동안 파킨슨 수술을 해 왔는데 말이여, 일 년에 가끔 한두 번 하는 수술이라 붕께 그동안 부담스럽기도 해불고, 또한 어려븐 분야라, 고 교수처럼 젊은 사람이 인제 맡아 줏으면 좋것소. 흠."

"네? 하하하. 교수님 저는 척추로 전임의까지 했고, 여기 의중병원에도 척추를 전공하러 왔는데, 파킨슨병 수술은 좀 하기가 그런데요. 게다가 그 수술은 뇌 수술 중에서도 특수한 분야이고, 한 번도 본 적이 없고…."

"어허, 다 허다 보면 잘할 수 있게 돼여. 고 교수가 그쪽을 맡아 헌다문 내가 이 책을 줄랑께."

하늘색 바탕의 가로 세로 50cm는 돼 보이는 커다란 〈쉴텐브란트 아틀라스〉 책을 뒤에 있던 책상 위에서 당겨 나에게 살짝 들어 보여준다. 고석을 불러 보여주려고 미리 꺼내 놓은 듯하다.

"오, 교수님 이거 절판된 책이잖아요? 이거 정말 비싼 뇌 지도책인데…. 요즘 구하기도 힘들고, 이 귀한 걸 언제 사셨나요?

수년 전, 모교에서 고석이 레지던트 시절에 어느 노 교수님이 의국에서 같은 종류의 커다란 붉은 책 표지본을 보여주시면서 절판된 책이라고, 소유하고 있는 자체가 그 방면의 권위자임을 증명하듯, 뿌듯한 표정으로 레지던트들에게 자랑하시던 기억이 났다.

"하하하, 아따 이 정도로는 열심히 혀야제, 어따?"

"비싼 책을 보여주시다니 고맙습니다."

고석은 사실 절판되어 한두 번 구경만 할 수 있었던 책인 터라 흥미로웠다.

"으흠, 책을 보여줘서 고맙다는 말은 이 시간 이후로 파킨슨병 수술 분야를 고 교수가 떠맡겠다는 뜻이라고 알겠소. 파킨슨병은 말이여, 고령인구가 증가함서 빈도가 급증하고 있고, 복잡한 증상에 비해 병리는 흑질에서 도파민 신경세포 소멸이라는 단순한 기전이제. 알츠하이머, 노화 등의 열쇠를 풀기 위해 많은 과학자들이 이 병부터 연구하는, 그러나 비밀의 열쇠는 수십 년째 여전히 풀리지 않는 신비한 병이요!. 앞으로 고 교수가 맡아서 연구 함 잘해 보소. 흠."

고석이 결론을 내리기도 전에 구도식 교수는 앓던 이를 뺀 듯한 흡족한 미소를 보내고 있었고, 그만큼 고석은 받아 든 책만큼이나 무거운 앞으로의 난제에 얼굴이 굳어짐을 느꼈다.

이제 고석은 마치 해리포터 마법사 책 같은 지도책을 들고 어떡하나 하는 뜻하지 않았던 상황에 놓였다. 부임하고 며칠 지나지도 않은 시기에 척추와 파킨슨병이라는 두 가지 분야를 복수 전공하게 된 고석은 이것저것 파킨슨병 관계 수술 논문은 다 찾아서 뒤져 보고, 심지어 출판된 지 10년이 지나 약간 한물간 소교과서까지 도서관에 가서 다 훑어보아야만 했다.

파킨슨병 수술은 뇌수술이기는 하지만, 흔히 뇌혈관 수술이나, 뇌종양 수술과는 많이 달라서 뇌 속에서도 그 속의 중심부 구조물을 대상으로 수술해야 한다. 즉, 대뇌가 아닌 기저핵이라는 뇌의 중심부에 깊숙이 존재하는, 인간이 파충류에서 진화할 때부터 존재해 왔던 원시 부분에 신경외과 의사가 전기 바늘을 넣어서 태우거나, 전극을 삽입해서 전기자극을 하는 수술이다. 어떤 신경과학자가 뇌기저핵은 우리 집 지하실만큼이나 깜깜해서 아직 그 기능을 다 알 수가 없다고 한 말은 유명하다.

어떻게 이런 수술을 할 수 있을까? 그 커다란 뇌에서 검지 손가락의 손톱 정도 두께와 크기의 핵을 찾아 정확히 전극을 삽입하거나 전기로 태워야 성공하는 수술…. 타깃을 놓치거나 뇌출혈이라도 생기면 병은 그대로 남고, 반신마비라는 새로운 장애가 생기기도 하는 최고 난도의 신경외과 수술이고, 국내에서는 극소수의 신경외과 의사만이 수행하고 있는 수술을 하려니 답답했지만, 수십 가지 논문을 읽고 낮이나 밤이나 그 수술을 하는 상상을 하자니, 고석은 슬슬 호기심과 함께 손끝이 간질거리며 언젠가 전극을 기저핵에 삽입하고픈 충동을 느끼기 시작하는 것이다.

2
어느 세미나

"오 이게 누구야, 땡칠이 오랜만이다."

레지던트 시절에 고석이 취프 레지던트였을 때 1년 차로 들어온 동철을 나는 당시에 그렇게 불렀다. 수련받던 한성대학병원을 서로 졸업하고 어엿한 교수가 되었지만 학회에서 수년 만에 보니 반갑기도 하고, 이름보다 애칭이 먼저 나오는 것이다.

"땡칠이! 그동안 미국 연수 갔다 왔다는 얘기는 들었는데, 연구 좀 했냐?"

"예! 실험실에서 줄기세포 좀 키우다 왔습니다."

외과에서 취프와 1년 차의 인연은 평생 간다. 마치 대대장과 신입 소대장 정도 서열로, 박동철 교수는 고석에게

깍듯한 존대를 한다.

"줄기세포? 아참, 나도 UCLA에 1년 있을 때, 그 신경외과 교과서를 쓴 아푸조 선생이 대가인 줄 알았는데 말이야. 어느 날 한 모닝 콘퍼런스에 20대 새파란 스웨덴 애를 초청해서 본인은 사회를 보더라고. 아푸조 선생이 그 새파란 스웨덴 친구 보고 앞으로 큰일을 할 친구라고 해서 뭔가 들어봤더니 사람 뇌에서 줄기세포를 추출했다는 발표를 하더군. 그런데 이상하네, 내가 그 강의를 들어본 바로는 사람에서 줄기세포 구하기가 쉽지 않은 것 같던데…."

"하하, 교수님이 말씀하시는 것은 신경줄기세포이고요, 원래 줄기세포는 많아요. 뇌뿐만 아니라, 골수에도 있고요. 우리 몸 여기저기에 많이 존재한다는 게 알려지고 있어요."

"그래? 뼛속에서도 우리가 줄기세포를 추출할 수 있다고? 나는 요즘 말이야 척수손상으로 사지마비된 경우나 중증 파킨슨병으로 더 이상 치료할 방법이 없는 환자에 줄기세포를 넣어서 치료해 볼 수 있을까 상상하던 중인데…. 그 줄기세포를 쉽게 구해서 적용할 수 있다는 거야?"

"선생님, 파킨슨도 하세요?"

"흠, 하하, 그렇게 됐어."

그날 학회에서는 많은 발표가 있었다. 고석은 줄기세포 생각에 다른 테마는 하나도 눈에 들어오지 않았다. 오로지 어떡하면 줄기세포를 구하고, 배양해서, 증폭한 후 신경계 재생에 응용해 볼까 하는 궁금함만 맴돌고 있었다. 아쉽게도 그날 국내학회에서 이 분야의 신경외과 발표는 하나도 없었다. 그만큼 줄기세포에 관한 이슈는 최첨단 분야로 아직은 국내에 알려지지 않았기 때문이었다.

학회를 마치고 병원에 온 고석은 연구실 복도를 걸어가다가, 의중병원 부임 첫날 복도에서 들렸던 그 교수의 음성이 들렸다. 소리가 들려오는 전공의실은 학회 기간이라서 수술이 없어서인지, 더 많은 전공의들이 앉아 있었다. 목소리의 주인공은 마재동 교수로서, 의학역사 교수임을 나중에 알았다. 목소리는 첫날보다 더 우렁찼다.

"너희들 잘 알아야 돼, 골프가 힘든 이유는 말이야, 다 이유가 있어. 그 이유는 말이야, 세상 사람들이 우습게도 오른손잡이에게 왼손 채를 잡게 한 거야. 왼손으로 휘두른 다는 것은 테니스로 보자면 오른손잡이에게 왼손으로 채를 잡고 백핸드 스윙을 하라는 것인데, 제대로 되겠나 말이야. 게다가 그 작은 골프공을 울퉁불퉁한 데서 또는 모래 속에서 치라니 안 될 수밖에 없지. 차라리 애당초 왼손잡이 클럽을 잡고 왼쪽으로 돌아서서 치면 오른손 백핸드 스윙을 하는 모습이 되니 더 잘 맞을 것이야. 그런데 역사상 최초로 골프를 시작한 누군가가 오른손잡이가 야구방망이를 잡는 것처럼 그게 맞는 줄 알고 왼손 채를 잡게 되었고, 이후로는 모두 잘못 치고 있는 것이야. 그런데 애초에 왜 그렇게 잘못 시작했냐면 골프 스윙을 야구나 테니스, 탁구처럼 여겼기 때문이거나 최초 영국 군인의 실수일 거라고 봐. 그런데 말이야, 그렇게 전통대로 치지 않고 제대로 채를 잡은 사람들이 있긴 해. 스웨덴의 한 친구는 왼손잡이인데 오른손 채를 잡고 치고, 미국의 한 친구는 오른손잡이인데 왼손 채로 치거든. 그 둘이 만났던 경기가 있어. 2016년 브리티시오픈에서 둘이서 치는 거 봐봐. 다른 사람들과 10점 이상 차이 내면서 자기들끼리 1~2등을 다투지 않았나. 나의 이론을 증명해 주는 사실이지… 카카카."

마 교수는 오늘 저녁, 의학의 역사뿐만 아니라 골프의 역사까지 새로 세울 기세로 일장연설을 한다.

고석은 지나가면서 생각한다.

'우리도 뭔가 처음 시작에서부터 잘못한 게 있을까? 오늘 세미나에서 동철이 말한 줄기세포 이슈가 머릿속에서 계속 떠나질 않는다. 수백 년의 서양의학에서 아직 고치지 못하는 난치병들. 단단히 채워져 풀지 못한 난치병의 자물쇠를 풀고 환자들이 마침내 마스터스 대회처럼이나 승리하기 힘든 병마와의 싸움에서 최후에 승리하여, 마지막 날 Claret Jug를 입을 수 있으려면 어떡해야 할까? 성경에서 말하는, 물을 부어 마시면 불치병이 낫게 되었다는 성배는 과연 있는 것인가? 성배를 찾아야 해! 못 찾으면 만들기라도 해야지….'

3
외래

"환자분, 오늘 참 좋으시네요."

"선생님, 덕분에 인제 좀 허리 펴고 한 시간 이상이라도 걷겠네요."

"앞으로 수술했던 부위는 평생 문제가 없을 거예요, 그런데 수술 안 한 인접 부위에 탈이 안 나시려면 늘 허리를 펴시고, 의자생활, 침대생활을 하셔야 합니다."

척추수술하는 신경외과 분야에서 그 대상은 대부분은 협착증 환자이고, 오늘도 수술받은 여러 환자들이 외래에서 좋은 결과를 보여주어 고석은 기분이 좋아진다. 성취라는 것은 드러나 보이지 않지만, 외과의사라는 직업을 계속하게 하는 원동력인 것임을 잘 안다. 오전에 수술하고, 오후에 외래를 보는 월요일은 누구에게나 좀 지치는 스케줄이지만 이렇게 회복이 잘된 환자들을 만나게 되면 한결 힘이 난다.

그런데 고석은 좀 전에 외래 진료 중에 간호사가 전달해 준, '오후에 외래 후 좀 보자'고 한 과장의 말이 맘에 걸렸다. 최근 과장이 하는 일이 수상쩍었고, 원래 이기심으로 똘똘 뭉친 인격을 가진 사람이라, 고석을 만나자고 한 것은 뭔가 하고자 하는 일을 오랫동안 꾸민 속셈에 마침내 결론이 난 것이리라. 지금 그 첫 단계 전술을 나에게 펴려고 보자고 한 것임을 고석은 직감한다.

"고 선생, 거기 앉게."

이규정 과장은 늘 얼굴이 붉다. 이른바 동양사람의 일반적 얼굴색인 황인을 넘어서 얼굴이 붉은빛을 띠는 홍인이라고까지 일컬을 수 있을 지경의 얼굴색인데, 낮에 술 먹을 일은 없을 것이고 술 냄새도 안 나지만, 그래서 늘 화가 잔뜩 난 사람처럼 보이는 상태를, 고석은 발기부전제를 먹는 사람의 부작용을 보는 것 같다 하여 속으로 '비아그라'라고 부르기로 했던 참이다.

"아 과장님, 외래 중에 연락하셨던데요, 혹시 무슨 일로?"

고석이 질문을 다 끝내기도 전에, 비아그라 과장이 말을 끊는다. 그의 말투는 '거들먹'이라는 형용사가 맞다.

"내가 전간증 환자 수술을 계속해 오고 있는데 말이야, 최근에 고 선생이 하는 것과 같은 파킨슨 수술 기법이 전간증에 효과가 있다는 국제보고가 나오고 있어서 말이야."

"글쎄요, 과장님. 뇌심부 자극술을 말씀하시는 것 같은데…. 그 수술은 전간증에 효과가 아직 입증되지는 않은 것 같은데요?"

"글쎄 그거는 판단하는 사람마다 좀 다를 수 있는 거 아이겠나. 아무튼 그래서 말이야, 내 환자에게 그 뇌심부 자극술을 이번 금요일에 할라꼬 하는데, 내가 처음 해보는 거니까 사실은 일전에 일본의 요시모리 교수한데 좀 와가꼬 같이하자 했거든. 근데 그 교수가 갑자기 못 온다고 연락이 왔네. 그래서 고 선생이 좀 도와줘야겠어."

"네? 저는 이번 금요일에 다른 수술 스케줄이 있고, 제가 스케줄이 된다 해도, 그 수술을 전간증 환자에게 적용하는 것은 저는 개인적으로 반대합니다."

"그래서 당신 말은 나를 못 도와준다는 것이가?"

고석을 노려보는 비아그라의 얼굴색이 더욱 붉어져 노여움을 불끈 참고 말하는 것을 알 수 있었다.

찌를 듯 바라보는 과장에게 고석이 낮게 그러나 단호한 어조로 말한다.

"죄송합니다. 여러 사정이 겹쳐서 과장님을 이번 수술에 도와 드리기는 어려울 것 같습니다."

고석은 비아그라의 속셈을 알 수 있었다. 명분은 자기 분야 환자에게 파킨슨병 수술을 적용한다는 것이지만 결국 가까운 미래에 큰 발전이 있을 분야인 파킨슨병 환자 수술에 끼어들어 앞으로 본인이 전권을 휘두르겠다는 생각인 것임을. 처음 해보는 수술을, 그것도 환자가 직접 부담해야 할 고가의 치료 비용과 효과조차 검증이 안 된 수술을 이렇게 서둘러 한다는 것은 고석에게는 도덕적으로 받

아들일 수 없는 상황으로, 이러한 수술 어시스트를 거절하는 것이 자연스러운 결론이지만 이제 인사권을 쥐고 있는 교실 과장인 비아그라와 한판 전면적 전쟁이 시작된 것이고, 앞으로 이 병원에서 순탄치 않은 여정이 시작된 것임을 알았다.

4
인연

"여러분 윤상아 대표를 소개합니다."

의중병원의 기획실장이자 비뇨기과 주임교수가 초청 강연자를 소개했다

오늘 본원 기획실장이 재생의학에 관한 세미나를 개최했는데, 연례적으로 개최되는 세미나가 아니라, 어느 신생 회사를 초청하여 그 회사와 의중병원의 교수진이 협업하여, 새로운 치료법을 모색할 수 있는지를 타진해 보는 성격의 다소 이례적인 세미나임이 원내 포스터를 통해 사전 공고되었다. 그래서 호기심을 가진 많은 교수들이 참석하였다.

"안녕하십니까?, 줄기세포를 생산하는 스타트업 기업,

케이셀의 대표인 윤상아 박사입니다. 저희 회사에서는 환자 본인의 골반 **뼈**에서 골수를 채취합니다. 그중에서 0.1%만이 줄기세포입니다. 이를 원심분리해서 줄기세포만 추출한 후에 이들을 배양하고요, 약 한 달이면 5,000만 개의 줄기세포 분량으로 증식시킬 수 있습니다. (중략)

이 20세기 후반에 새로이 시작된 줄기세포의 발견으로 앞으로 재생의학이 꽃을 피울 거라 기대하고요, 의중병원의 훌륭하신 임상교수님들의 관심을 바랍니다. 경청해 주셔서 감사합니다."

윤 대표의 강의가 끝나고, 기획실장이 사회를 이어갔다.

"윤상아 대표님, 좋은 강의에 감사드립니다. 오늘 많은 교수님들께서 바쁘신 중에도 시간 내어 이 자리에 참석해 주셨는데요, 자 이제 청중에서 질문이나 코멘트를 받겠습니다."

"그 줄기세포가 몸속에서 어떤 기능을 하게 되나요?"

심장내과 교수가 질문한다.

"네, 줄기세포의 특성은 지속적으로 자기복제를 한다는 것과 인체의 장기 내에서 필요한 세포 종류로 분화할 수 있다는 것이지요. 그래서 연골이 상한, 퇴행성 관절염에는 관절 안에서 연골로 재생할 수 있고, 심근경색 환자에 주입하면 심장세포로 분화할 수 있습니다. 이론상으로는요."

윤 대표가 명료하게 대답한다.

"이론상 그렇다는 것이지 실제로 증명된 것은 아니잖아요?"

좀 전의 심장내과 교수가 연이어 까칠한 질문을 이어간다.

"저희가 창의의대와 임상연구를 심근경색 환자 열 사람에서 해봤는데요, 그 연구의 결과로는 한 번의 세포 주입에 환자의 심박출량이 평균 2% 증가한 걸 확인했습니다."

윤 대표 대답에 질문자가 계속적 공격을 한다.

"심초음파 데이터를 말씀하시는 것 같습니다. 그 논문을 저도 읽어 보았는데 줄기세포가 심근세포로 재생되었다는 직접적인 증거는 아니잖아요?"

심장내과 사람들은 두리뭉실 넘어가는 법이 없다.

이번에는 정형외과 교수가 질문한다.

"무혈성 고관절 괴사에 적용해 볼 수 있나요?"

"아 물론입니다. 저희 회사와 공동연구로 계약을 체결

한 후에 임상시험을 하기를 원하시는 교수님들이 계시면 얼마든지 환영하고요, 줄기세포는 무상으로 지원해 드립니다."

 윤상아는 줄기세포 벤처회사의 창업자이다. 원래 창의대학교 혈액내과 교수였는데, 줄기세포 치료제 개발을 위해 직접 회사를 설립했다고 소개되어 있어서, 고석은 오후 수술 일정을 연기해 두고 강의를 경청하러 온 상황이다.
 "신경외과 고석입니다. 강의 잘 들었습니다. 신경외과에는 여러 분야가 있는데요, 저는 그중에서 척추와 파킨슨병 수술을 담당하고 있어서 대표님의 강의를 무척 흥미롭게 들었습니다. 척수손상으로 사지마비가 되어 있는 분이나 중증 파킨슨병 환자의 경우는 모든 것이 중추신경계에서 발생하는 병리현상이고, 현재 이 난치병을 치료할 다른 방법은 없습니다. 이를 궁극적으로 치료할 수 있는 길은 결국 신경계 재생인데요, 대표님의 회사가 생산하는 줄기세포 관련 강의를 들어보니, 이른바 '자가골수 유래 줄기세

포'라고 보입니다. 척추손상으로 마비가 온 환자의 척수나 심한 파킨슨병 환자에서 뇌의 흑질 부위에 그 줄기세포를 주입해 볼 수 있을까요?"

"고 교수님의 좋은 질문에 감사드립니다. 앞서 질문해 주신 심장이나 뼈는 사실 현 상황에서 차선책으로서의 치료가 있는 분야이고, 줄기세포 주입을 하기에 해부학적으로 그리 어렵다고 할 만한 장기조직은 아닌데, 뇌나 척수에 직접 줄기세포를 주입하는 것은 세계적으로 시도된 바가 없습니다. 그러나 교수님께서 치료 프로토콜을 만들어 주시고 파일럿 임상 허가를 받아 주신다면 저희들은 공동 연구할 자신이 있습니다."

윤 대표의 답변 직후 고석이 대답한다.

"저희들은 조직의 재생 외에는 해답이 없는 척수손상 환자에 우선 도전해 볼만하다고 생각하고요, 치료 프로토콜과 파일럿 스터디는 최대한 빨리 준비해 볼 수 있을 것 같습니다."

순간 장내 의중병원의 수십 명 교수들은 고석의 얼굴을 주시하며 웅성거렸고, 세미나를 주최한 기획실장은 살짝 입가에 미소가 떠올랐다, 국내 최고 병원인, 그리고 초일류를 지향하는 의중병원에서 줄기세포 신생기업과 협업을 한다는 게 쉽지 않은 상황인데, 고 교수의 기다렸다는 듯한 제의에 급진전이 이루어지는 순간이었다.

5
운동이상증

 외래가 끝날 즈음 젊은 30대 남자가 왔다. 신경과에서 담당 교수가 자문 의뢰한 환자로 진단은 '국소적 근이긴장증'.
 30대의 회사원으로서 열심히 직장생활을 하던 중에 어느 날 점점 글씨를 못 쓰게 되고 수개월 후에는 손가락 끝이 마음대로 움직여지지 않아서 자판기를 누를 수도 없게 된 안타까운 사람이었다. 그러나 일반적으로 이런 질환에서 다른 몸의 이상이나 근력의 이상은 없어서, 가족이나 동료가 보기에는 일하기 싫어서 거짓 연기를 하는 모습으로 보이거나, 뭔가 정신적 이상이 있지는 않나 의심하게 되는 희귀병이다. 결과적으로 이러한 병을 앓는 환자는 병뿐만 아니라 주위의 의심스러운 눈초리와도 싸워야 하는 딱한 처지다.

"선생님, 저는 여러 병원을 다녀봤지만 여기서 처음으로 제 병이 무엇인지 알게 되었습니다. 그러나 그 신경과 교수님께서는 약으로는 뾰족한 방법이 없다고 그러시면서 혹시 최근에 개발된 수술법이 도움이 될지도 모른다고 이리 보내주셨어요. 제발 고쳐 주십시오."

근이긴장증에 대해 하는 수술은 시상이라는 뇌기저핵이 대상이고, 그 기저핵에서도 아래쪽 앞쪽 부분을 정밀하게 태워야 하는 까다로운 수술이다. 파킨슨병이나 수전증과는 달리 수술을 하는 도중에 수술이 잘되고 있는지 확인할 길이 어렵고 태워야 하는 타깃을 조준하지 못했을 때는 실패의 확률이 높은 고난도의 수술이다. 그리고 이 병은 치료 비용이 고가이면서 수술 후에도 병원을 가끔씩 다녀야 하는 뇌심부 자극술보다는 이왕이면 단 한 번의 '전기소작술'로 뇌의 미세한 부분을 태워 완치가 가능하도록 하는 것이 좋다는 것을 고석은 알고 있었다. 바로 앞에서 지 푸라기라도 잡고 싶은 표정을 하고 있는 30대 남자를 고석은 물끄러미 바라보다가 말한다.

"수술을 한 번 해봅시다."

그날 이후로 고석은 다시 한번 관련 문헌을 고찰하고 수술의 처음부터 끝까지 전 과정을 머릿속에서 상상하며 수없이 이미지 수술을 해보았다. 시상파괴술은 어렵고 처음 해보는 수술이지만 자신은 있었다. 이 분야를 전공한다면 흔치는 않지만 계속 만나게 될 질환인데, 어차피 거쳐야 할 관문이 아닌가. 항상 그랬지만 새로운 수술을 시도할 때에는 수없이 머릿속에서 그 과정을 되풀이하면서, 발생할 수 있는 모든 돌발사태, 이상 등을 체크하고 나면 슬며시 손가락 끝이 근질거리고 빨리 예정된 수술을 하고 싶어지는 충동이 생기기 시작하는 법이다.

그 후 한 달은 그렇게 지나가고 수술 당일 아침 거세게 바람 부는 날 3층 신경외과 수술실에서, 이 병원에서 최

초로 시도해 보는 시상소작술이라는 수술이 시작되었다.

"또각 또각"

심전도 음이 수술실 내의 정적을 규칙적으로 깨고 있었고, 환자의 두개골에 동전 크기의 구멍을 뚫는 하이스피드 드릴 소리가 날카롭게 20여 분 울리고 난 뒤, 고석은 노출된 뇌신경막을 미세하게 절개하고 전기 소작을 위한 전극을 뇌 속으로 10여cm가량 조심스럽게 천천히 찔러 넣었다. 전극의 두께는 1.5mm이고, 전극의 목적지는 수술 전 MRI로 좌표를 계산해 둔, 시상의 특정 부분이다. 1mm라도 엉뚱한 곳으로 전극이 들어간다면 환자의 운동이상증상은 좋아지지 않을 것이고, 오히려 한쪽 반신이 마비되는 부작용을 겪을 수도 있다.

"온!"

고석이 뇌 속으로 삽입된 전극에 전기를 켜서 열을 가하기 위해 명령한다.

"온!"

수술을 보조하는 전임의가 긴장된 목소리로 복명복창하면서 전극에 고주파를 발생시키는 스위치인 페달을 밟는다.

전임의가 발로 전기 소작 스위치를 밟는 순간, 환자 뇌 속에 깊숙하게 위치한 시상이 직경 3mm 부피로 태워지고 있는 것을 고석은 상상한다.

전기 소작 페달을 밟은 직후 간호사가 주기적으로 외치기 시작한다.

"10초 경과"

"20초 경과"

…

" 70초 경과"

"오프!"

"오프!"

복명복창과 동시에 전임의가 페달에서 발을 뗀다.

"너무 오랫동안 태워도 뇌조직에 기포가 생기면서 원치 않는 부작용이 생길 수도 있거든. 그래서 70초간 소작이 적당하다고 알려져 있어."

전임의는 명심하려는 듯 크게 고개를 끄덕인다.

이제 소작의 효과를 확인할 순서이다.

국소마취로 진행하는 수술이므로 수술 중에도 환자와는 대화가 가능하다.

"환자분! 이제 소작술이 잘 되었으니 글씨가 잘 쓰여지는지 확인할 겁니다. 자 이제 자기 이름을 종이 위에 써 보세요."

순회간호사가 수술대 아래쪽에서부터 조심스레 받침대에 붙인 종이와 사인펜을 환자에게 쥐어 주고, 얼굴 높이까지 들어주었다. 환자는 뇌에 여전히 전기 소작용 전극이 꼽힌 채로 누워서 오른손을 들고 사인펜을 더욱 꼭 쥐는 것이었다. 처음 환자는 평소와 같은 불안감으로 글쓰기를 주저하면서 종이에 사인펜을 대고만 있다가 결심한 듯 딱딱한 판에 끼워져 있는 A4 용지에 천천히 또박또박 이름을 써 내려갔다. 빠른 속도로 글씨를 써 가는 손은 자연스러웠고 떨림도 없다.

"와~"

수술에 참여한 수명의 의료진 모두들 기쁨과 신기함에

환호했다.

수술은 대성공이었다.

다음날 병실에서 환자가 퇴원 준비를 하면서, 회진 온 고석에게 말한다.

"교수님 정말 고맙습니다. 이제 직장에서 서류에 잘 안 써지는 글을 남몰래 미리 써 놓기 위해 새벽에 혼자 일찍 회사 출근하지 않아도 되겠어요. 정말 고맙습니다."

6
증명

 어느새 의중병원에 부임한 지도 5년, 항상 이곳의 겨울은 매섭다. 인근 샛강에서 불어오는 바람과 휑한 주변 빈터가 더욱 그러하게 만드는 것일 것이다.
 고석은 이른 새벽 지하주차장에 차를 세워두고 곧장 병원 본관 건물 옆에 세워진 연구소 동물실험실로 향했다. 두 달 전 척수손상을 입힌 두 그룹의 실험쥐를 보러 가기 위해서다.
 한 그룹은 척수 위에 추를 떨어뜨려 척수손상을 일으키고 나서 하지마비된 상태로 그대로 두었고, 다른 한 그룹은 추를 떨어뜨린 척수 내에 케이셀 윤상아 대표에게서 받은 인간의 줄기세포를 100만 개 주입해 둔 상태였다. 만성 척수손상에 대한 줄기세포의 신경회복 효과를 증명하기 위한 실험이다. 쥐에 척수손상을 가하고 그대로 두고 보면, 6주 동안은 조금이나마 회복이 되고 뒷다리의 힘이 생긴다. 그러다가 마침내 더 이상 회복이 안 되는 정점이 나타나는데, 이러한 회복의 정점 상태에서 줄기세포를 주입하였으므로 이 동물 실험모델에서 쥐의 다리 힘이 회복된다면 척수마비 환자를 치료할 수 있는 신약의 가능성을 보여 줄 수가 있는 것이다.

고석은 가벼운 흥분을 느끼며 계단을 뛰어올랐다. 엘리베이터 앞에서 기다리던 주 박사도 같이 계단을 뛰어올라야 했다. 주 박사는 동물실험을 수행한 담당자이다. 연구소에서 느리기로 유명한 엘리베이터가 올 때까지 기다릴 수 없다는 걸 알고 있었기 때문이다.

고석은 계단을 뛰어오르며, 문득 어릴 적 모형비행기를 부품으로 사서 하나하나 접착제로 붙여놓고 그다음 날 아침 잠에서 깨자마자 조립해 놓은 비행기의 날개와 바퀴가 잘 붙어 있는지 보러 2층으로 달려 올라가곤 하였던 초등학교 시절의 흥분이 떠올랐다. 개인의 역사는 이처럼 반복되는 것인가.

4층 사육실 문을 여니 후끈한 공기와 동물들에서 나는 매캐한 사육실 특유의 냄새가 코를 찔렀다. 초보자들은 대개는 이 쿰쿰하고 톡 쏘는 거친 향기에 숨을 쉬기도 힘들어하는 경우가 있으나, 고석은 이미 익숙해져 있었고, 이런 것들에 신경 쓸 겨를이 없었다.

"케이지에 쥐들은 모두 살아있군."

4개의 케이지 중에 우측 2개에서 흰 쥐들이 활발히 뒷다리를 움직이는 게 좀 떨어진 사육실 입구에서도 보였다.

"주 박사, 애들을 모두 꺼내서 트레드밀 위에 놔 보세."

"한 마리씩 차례로 올려놔 보겠습니다."

트레드밀의 스위치를 켜면서 주 박사는 토실토실한 스프라돌리 실험쥐들을 조심스럽게 배를 잡고, 회전하기 시작한 트레드밀 바닥판 위에 올려놓았다.

"윙…"

바닥이 돌아가는 트레드밀 소리와 동시에 쥐들은 뒷 모서리로 미끄러지지 않으려고 앞으로 달리려 했는데, 일부는 뒷다리로 체중을 밀며 앞으로 나아가고 있는 것이 보였다. 뒷다리를 움직여서 미끄러지지 않고 앞으로 나아가는 쥐들은 모두 인간의 줄기세포를 척수 내로 주입하였던 쥐들이었다. 줄기세포를 주입하지 않은 쥐들은 모두 뒷다리의 마비상태 그대로 트레드밀의 제일 뒷 모서리까지 밀려 낑낑대고 있었다.

"됐어! 주 박사 보이지? 우리가 증명해 냈어!"

고석은 두 손을 불끈 쥐고 옆에서 역시 감격하고 있는 주 박사를 보며 낮게 소리친다.

"이제 임상으로 가야지!"

7
어느 날

"할머니 안 돼요."
 할머니가 성난 얼굴로 큰 가위를 허공에 흔들어 댄다. 할머니의 팔을 막 잡고 말리다가 꿈에서 깬 고석은 대학생 때 돌아가신 할머니가 연말 추운 밤에 불길한 모습으로 꿈에 나타나다니, 무엇이 잘못될 조짐인가 생각하면서 불안한 마음이 떠나질 않았다.

 그다음 날 저녁.
 겨울의 밤은 일찍 저문다. 모든 일이 그렇듯, 낮처럼 밝

은 빛이 세상을 지배할 때가 있는가 하면, 어둠이 기세등등해지고, 세상은 그 어둠의 논리대로 움직일 때도 있는 법이다. 과장인 비아그라가 고석을 교수연구실로 불렀다.

"근데 말이야, 나유성이라는 친구를 들어본 적이 있나?"

"처음 듣는 이름인데요."

"그 나유성이라는 친구가 말이야, 민철수 교수가 어제 나유성이를 데리고 가서 병원장님을 면담했다 카더라고. 민 교수 말로는 우리 과에서 척추를 전공해야 할 겸직교수 결정을 연말에 해야 한다고 하네. 민 교수의 말로는, 고석이는 일본학회 나갔을 때, 본인이 발표해야 할 시간에 나타나지 않아서, 민 교수 본인이 좌장으로 앉아 있었던 그 자리에서 일본 교수들 보기 창피해서 혼이 났다고 하더군. 반면에 나유성이는 해외에서 연구 경험이 많고 과에 척추를 전공하기에 최고 적임자라서 신경외과 겸직교수 후보라고 원장님께 인사시켰다더만. 고석 당신이 내년에 겸직교수로 척추 분야 정식 교수가 되어야 하는데, 민 교수가 교수 발령 건을 이렇게 복잡하게 만들면 어떡하지?"

고석은 일순 황당한 마음을 가눌 수가 없었지만, 돌이

켜보니 수개월 전에 웬일로 살리에르 즉 민철수 교수가 일본학회를 같이 가자고 해서 같이 갔는데, 인제 생각해 보니 함정을 파놓은 것이었다.

고석이 일본학회에서 자기 차례에 내용 발표를 하지 않았다는 것은 그 행사 세션 자체가 포스터만 게시해 놓는 행사 순서로서 굳이 발표가 필요하지는 않은 세션이었기 때문인데, 그걸 그렇게 나쁘게 포장하여 최고 인사권자인 병원장에게 음해를 한 것이다.

나유성이라는 사람은 서울에 있는 한 대학부속 병원인 세반병원에서 전임의를 하는 중에 어려운 수련과정을 못 견디고 겉으로는 미국으로 유학 간다는 핑계를 내세우고, 외유를 나가버린 돈 많은 의사 집안의 외동아들이었다.

모든 분야에서 마찬가지지만, 자기희생을 감내해서라도 의료의 각 분야에서 초일류를 지향한다는 의지를 가진 이들이 모여 있는 의중병원에는 맞지 않는 인물인데, 겸직 교수를 발령 내는 중요한 시기에 드디어 인맥을 동원하여 치고 들어오려는 것이다.

이전에 고석에게 수술 도움 요청을 거절당한 적이 있는 교실 과장인 비아그라와 열등감 많은 살리에르가 고석을 밀어내려고 합작품을 만들어 내는 순간이었다.

영상의학에서는 이미지를 판독할 때 '아티팩트'라는 용어를 쓴다. 가끔 영상촬영을 하고 나면 실제로는 없는 인공적인 노이즈가 발생하여 실제 이미지를 관찰할 수 없게 방해하는 현상이 영상에서 나타나는 경우가 있는데, 이를 일컫는 의학용어로써, 고석은 이때 최고를 지향하는 집단에서 존재해서는 안 되는 인공적 장애물이 현실에 밀고 들어오는 현상이 벌어진다고 느꼈고, 나유성이라는 지원자는 바로 '아티팩트' 같은 존재가 아닌가 느꼈다.

본인이 깊게 기획하였을 일이지만, 능청스레 난처한 표정을 짓는 과장을 보면서 고석은 역시 모른 척 물었다.

"다음 달이 되면 벌써 내년 초인데, 그때면 겸직교수 인사 발표가 날 때 아닙니까?"

"글쎄, 이 사실은 당신과 나만 알고 말이야, 절대로 밖에는 얘기하지 말라고. 과 내의 부끄러운 일이니 집에 가족들에게도 함구하고, 우선 내가 내일 병원장님 면담을 신청해 놨는데, 잘 해결해 볼 테니까 말이야. 나는 고 선생이 수년간 우리 의중병원 신경외과에서 임상전담 교수로 열심히 일했으니, 겸직교원으로 문교부 발령이 나도록 하고 싶은데 뜻밖의 인물이 나타났어. 다른데 소문이 나면 우리만 우스운 꼴이 되니까, 소문은 내지 말고."

"일단 알겠습니다. 신경 써 주셔서 감사합니다. 과장님."

연구실을 나오면서 고석은 짐작이 갔다. 다른 데 소문을 내지 말고 우리끼리만 알고 있자는 말은 전형적인 사기꾼의 플레이 방법인 것이다. 소문이 나면 여기저기서 피드백이 들어와서 거짓말이 들통나니, 철통 보안을 유지해서 소리소문 없이 잽싸게 잡힌 먹이를 해치우자는 작전⋯ 이것이 바로 사기꾼의 골든룰 아닌가.

금력을 뿌리면서 입성을 노리는 신입, 그리고 권력을 지닌 과장과 시니어 교수 등이 얽힌 조직적인 움직임으로, 결국 고석 밀어내기 작전이라고 생각했다.

해는 다시 바뀌고 어둠이 내리는 2월 저녁.

55병동 입구에서 낯선 남성이 두 사람을 세워 놓고 골프스윙 동작을 보여주며 얘기한다.

"그럴 때는 이렇게 스윙하셔야죠."

서 있던 두 사람은 비아그라와 살리에르였다. 고석이 복도 맞은편 끝에 나타나자, 비아그라와 살리에르가 의국 문을 열고 들어가려는 고석을 부른다.

"오~ 고 선생, 아직 인사 못했지? 여기 이번에 척추 파트 겸직교수로 오게 된 나유성 교수야"

"안녕하세요? 처음 뵙겠습니다. 나유성입니다."

그동안 연말을 거치는 동안 해외에서 나유성이 귀국하여 의중병원에 인맥을 동원하여 결국 발령을 받게 되었고, 고석은 임상 활동만 하는 어중간한 위치로 계약이 연장된 상태인 터다.

고석이 수개월 전 아티팩트라고 명명했던 기억이 나는데, 나유성은 골프스윙하다 들킨 멋쩍은 표정으로 악수를 청한다. 늦겨울의 퇴근시간은 조명이 없으면 실내는 제법

어둡다. 비좁은 병동 복도 창을 통해 비스듬히 누워 들어오는 저녁 햇살에 금색 안경이 반짝이고, 생각보다 짙게 그을고, 모공이 발달한 아티팩트의 얼굴을 고석은 볼 수 있었다.
 "아, 네… 고석입니다. 반갑습니다."

8

역공 준비

　마 교수는 날이 좀 풀린 저녁에 전공의들을 모아 놓고, 이른바 정신이 지배하는 자연에 대해 설명하고 있었다.
　"일본 홋카이도에서 겨울은 온통 눈으로 덮이지. 그곳의 사람들은 추운 겨울에 일본사슴들이 눈을 뚫고 산꼭대기로 올라가는 이유를 처음엔 몰랐어. 눈 속에서 달리기 경주나 하는 줄 알았지. 하하. 사실은 눈이 덜 쌓인 나뭇가지를 찾기 위해서인 거야. 풀을 먹어야 하지만 풀은 모두 눈 속에 묻혀 있으니, 눈에 덮이지 않은 나무껍질이라도 긁어먹고 나머지는 쌓아 놓은 체지방으로 견디는 거야. 홋카이도의 엄청나게 쌓인 눈보다 일본사슴들의 살려고 하는 의지가 승리하는 장면이야. 또 하나 얘기해 줄까? 독사의 정신력은 죽은 잠시 뒤에도 존재할 정도로 강해. 머리가 잘려도 죽은 척하다가 자기의 머리를 자른 사람이 잘린 머리를 만질 때 물어버리지. 그리고 가능한 한 모든 분비선 내의 독을 비워 버리려 하니, 실은 살아있는 독사에 물리는 것보다 더 치명적이라 하지. 흐흐흐…. 그래서 독사와 싸울 때는 잘린 머리도 조심해야겠지. 끝난 전투도 끝났다고 방심하면 어이없이 죽은 머리에 물려 죽게 되는 거니까. 캬캬캬…."

'마 교수에게는 의학 역사가 오히려 부전공인가 보다.'

고석이 수술을 끝내고 마 교수의 이른바 정신력에 대한 강의 소리가 흘러나오는 전공의실을 지나 막 연구실로 들어오니 전화벨이 울린다. 받아보니 케이셀의 윤상아 대표다.

"고 교수님, 윤상아입니다. 그간 임상 파일럿 연구 프로토콜이 완성되셨다던데, 척수손상 환자 대상 줄기세포 수술 시작은 언제쯤 하게 되시나요."

고석은 윤 대표가 어찌 이리 빨리도 소문을 들었는지 궁금해하면서, 침착히 알려주었다.

"음, 그 소식이 언제 케이셀까지 퍼졌나요? 하하, 우리 임상 프로토콜이 우선 병원 IRB 승인이 나면 곧바로 시작할 수 있을 거예요. 10명의 환자가 신청했고 한 달에 두 분씩 수술하면 5개월이면 줄기세포 주입 수술은 다 끝낼 수 있겠어요."

"그래요? 아주 좋은데요. 그런데 교수님, 줄기세포 수술에 관해서는 이번이 세계 최초이니 이식하는 세포 개수, 수술 후 효과 확인용 기준 등이 기존의 논문에는 아무것도 없어요. 교수님께서 세계 최초로 만드셔야 해요. 그런데 죄송하게도 이번 임상연구의 안전성에 대한 보험을 고교수님께서 직접 사비를 써서 개인적으로 가입하셔야 할 것 같아요. 연구자 임상이니 회사에서 도와주면 규정상 안 되거든요!"

"그래요? 좀 심한데요. 하하, 여하튼 오케이. 내가 알아서 하지요."

윤 대표와 고석은 이번 연구 추진 중에 윤 대표가 3년 후배란 것을 알게 되었고, 서로 친한 연구 동반자가 되었다.

"이거 척수손상의 줄기세포 치료제 개발은 세계에서 유례가 없는 것인데, 미약하게라도 효과가 있다고 나타나면 하버드 의대에서, 그것도 유서 깊은 에테르 돔에서 내가 발표 좀 해야겠어요. 하하…."

학문적으로 큰 성취를 이루어 보겠다는 고석의 말에 윤상아도 유쾌하게 대답한다.

"아무렴 어때요. 우리 같은 장사꾼은 신약만 개발하면 최고지요. 학술발표는 교수님들께서 하시고요, 호호. 수고하세요."

전화기를 놓으면서, 고석은 생각한다. 마 교수의 말대로 자연계에는 우리가 상상할 수 있는 것보다 더 강한 정신력으로 버티는 생명들이 존재한다, 이제 이 병원에서 나의 몸통을 자르려는 상대가 나타났으니, 나는 일상의 삶에서 약해져 버린 정신력을 추슬러서, 눈 내린 산기슭에서 마른 가지를 찾는 일본사슴처럼, 잘린 머리에서 모든 독을 뿌리

는 독사처럼 버티고 집중하여 내가 하려는 난치병 치료를 반드시 이어가야 하겠다는 다짐을 해본다.

9
킹덤 프로젝트

"고 교수, 요즘 어떻게 지내오?"
"아, 최 대표님! 하하, 저희야 늘 적당히 바쁘지요."
휴대폰 너머로 반가운 목소리가 들려왔다. 최명진 대표는 한국에서 투자회사를 운용하다가 국제기구인 월드뱅크에서 가깝게 지낸 사우디 친구인, 지금은 사우디의 국부펀드를 운영하는 사우디 금융조직인 PIF에서 이사회 의장을 맡고 있는 알 아흐디와의 옛 인연으로, 사우디의 탈석유 국가개조 사업에 동참하러 수개월 전에 사우디 수도인 리야드로 가서 체류하고 있는 터이다.

"형님, 제가 듣기로는 메카 근처에서 추진되고 있는 신도시 건설로 바쁘시다던데요, 어떠십니까?"

고석이 수개월 만의 통화에 궁금한 점이 많다는 듯이 물어본다.

"여기 너무 더워요. 그런데 와 보니 신도시 건설하는 중간에 500병상짜리 여성전문병원 건설 계획이 있네요. 여기는 여성들이 좀 대외적으로 노출이 적으니, 여성병원의 중요성이 높은 편인 것 같아요. 그래서 현재는 한국에 있는 한 유명 여자의과대학에서 이사장님이 관심이 많아요, 우리는 그분과 타진 중이에요."

최 대표가 전해주는 내용에 고석은 재빨리 조언한다.

"형님, 여자의대라고 여성질환을 잘 치료한다고 보시는 건 아니죠? 하하. 치료를 잘하려면 내과, 병리과, 영상의학과 등 모든 시스템의 퀄리티가 좋아야 여성환자도 잘 볼 수 있는 거지요. 즉 여러 가지 병을 다 잘 치료하는 병원이 여성의학에도 훌륭한 병원일 겁니다. 여성전문병원이라고 해서 여자의대에 너무 매몰되지는 마세요."

고석의 의견에 최 대표도 그러한 의견에 동의한다는 듯이 얘기를 이어간다.

"그래요? 그렇다면 고 교수가 재직하고 있는 의중병원은 최고의 병원이니 이번 사우디 병원 건립 계획에 참여할 의향이 있으면 좋겠는데요."

"제가 그러면 우리 병원 국제의료사업팀에 한번 얘기해 보지요. 더위에 수고하시고요."

"고맙습니다. 그럼 또 통화합시다. 참 그런데 얼마 전에 한국의 매스컴에 고 교수의 줄기세포 치료 계획이 크게 보도되었던데, 잘되어 가나요?"

케이셀의 윤상아와 척수손상에 대해 줄기세포로 파일럿 스터디를 하고자 디자인한 지도 이윽고 6개월이 되어 간다. 최초 동물실험의 결과가 학술대회에 보고되었고, 그 발표 내용이 기사화되어 몇 매체를 통해 시중에 알려진 상황이었다.

"아하, 형님께서도 관심을 가져 주시니 고맙습니다. 그동안 동물실험을 통해 치료효과 및 척수재생되는 조직 증거를 규명했고요, 그 결과를 학계에 보고했지요."

"여기 사우디도, 젊은 사람들이 교통사고가 많아서 척

수마비 치료에 관심이 많아요. 언제 한번 얘기 나누었으면 좋겠어요."

"네 좋지요, 곧 파일럿 임상 연구를 시작할 겁니다, 더위에 건강 조심하시고요."

이윽고 한 달.

그동안 고석이 병원 수뇌부에 사우디 신도시의 병원 건립 프로젝트를 전했고, 의중병원 측에서도 관심을 가지고, 사업 참여를 검토하는 단계에 이르렀다.

병원 7층 국제의료사업실.

"최근 사우디에서 영아사망률이 11%에서 8%로 줄었고요, 예상수명도 73.2세에서 74.5세로 늘었습니다. 이처럼 인구증가가 뚜렷한데요, 의료시설은 그에 따라가지 못하고 있습니다. 현재 병상 수만 보더라도 만 명당 22병상으로 OECD 평균인 51병상에 크게 못 미칩니다. 그리고 사우디에서 외국인 노동자의 비율은 32%로서, 이들은 공공병원을 이용해야 하는데, 공공병원은 전체의 23%에 불과

해….."

사우디에서 최 대표가 급파해 온 한국인 현장 인사가 브리핑을 하고 있는데, 국제의료사업 센터장인 황공대 교수가 말을 끊고 나선다.

"알겠습니다. 잘 들었습니다. 사우디에 우리 병원이 협력병원을 건설하고 진출하는 데 있어서 시장성이 있는 건 인정하겠어요. 우리 의중병원이 사우디로 특히 메카 근처 신도시이거나, 수도인 리야드 주변으로 진출한다면 예상되는 자세한 건설 일정과 재정적 측면, 그리고 그동안 현지에서 피저빌리티 테스트한 것이 있으면 이러한 내용을 문서화해서 제출해 주세요. 오늘은 이만합시다, 내가 다음 회의 스케줄이 있어서….."

검은 뿔테 안경을 쓴 황 교수는 미용에 관련 있는 피부과 의사라서 그런지, 아니면 유전적 타고남인지, 여하튼 나이에 비해 젊어 보인다. 고석은 평소에 복도에서 가끔씩 마주치면 그의 희고 기름진 피부를 늘 느껴온 터인데, 오

늘 회의실에서 보니 실내등 밑에서는 더 번들거린다는 것을 알 수 있었다.

사실상 의중병원이 해외사업을 현재 전혀 하고 있지 않은 상황임에도 본인은 중국, 유럽, 러시아에 해외사업을 유치한다는 명분으로 매우 바쁜 국제 일정을 뛰고 있는 인물로, 환자 진료와 동시에 국제의료사업에 헌신하는 열정은 높이 평가할 만하지만, 그 많은 해외출장 가서 무슨 협력을 한다는 것인지는 오리무중인 인물이다. 그래서 원내에서는 No Action, Talking Only라는 뜻으로 머릿자만 따서 'NATO 대장'으로 불린다.

사우디에서 먼 길 날아온 검게 탄 얼굴의 현지운용 담당자 2명은 중요하다고 생각하는 사업 대상국 데이터를 열정적으로 막 공개하는 순간에 중단되어서 다소 상기된 표정이었다. 이들과 악수하고 돌아서면서 NATO 대장이 고석에게 얘기한다.

"고 교수님, 우리 병원과 사우디 사업팀의 다리를 놓아주셔서 고맙습니다. 인제부터는 우리가 알아서 할 테니 고 교수는 신경 안 써셔도 됩니다."

고석은 황 센터장의 우리가 알아서 하겠다는 말속에 뭔

가 불길한 가시가 있음을 느끼면서 일어났다.
 "대장님, 아니 센터장님 감사합니다. 촉박한 일정 속에서 신속하게 논의할 시간을 만들어 주셔서요."

10
시작은 미미하나 그 끝은 창대하리라

"교수님, 안녕하세요? 혹시 이번 다음 달 주중에 원주 오셔서 강의 한 번 해주실 수 있을지 전화드렸습니다."

"오~ 땡칠이, 아하하 미안, 동철이 오랜만이야, 원주서 강의라…, 좋아요. 수요일 오후는 시간이 비니까 내려가서 강의할 수 있어. 초대해 줘 영광이네. 근데 혹시 원하는 주제라도 있는가?"

"네, 선생님. 전공이신 척추나 파킨슨 쪽이면 되고요, 이왕이면 최근 연구 중이신 척수손상에 대한 줄기세포 치료를 좀 말씀해 주시면 제일 좋겠습니다."

"오케이, 좋아. 한 시간 정도 분량으로 준비하지. 다음 달에 보세."

 박동철 교수는 신경외과 전공의 과정의 혹독한 트레이닝을 같이 선·후배로 지낸 터라, 전화로 잠시 통화해도 옛 전장에서의 고되었던 그러나 뿌듯한, 그리고 함께 살아남은 전우 같은 기쁨이 있다. 아직 우리의 질병과의 전쟁은 진행형이지만 과거에도 견뎌냈으니, 미래도 살아남으리라 뭐 그런 믿음이 서로에게 있다.

 원주는 고속도로 충돌사고가 워낙 많은 곳이라, 이 지역 병원에 교통사고로 발생하는 중증 뇌손상, 척추손상 환자가 불행히도 넘쳐날 정도다.

 신경외과 의사는 늘 비상대기해야 하고, 환자는 응급수술 끝에 오랜 시간 중환자실 치료, 재활치료를 거쳐 퇴원하지만 그 후 신경외과 환자의 장애는 만만하지가 않다. 안타깝게도 긴 사투의 끝에도 치료자나 환자가 승리하는 경우는 흔치 않고, 오랜 기간의 후유증이 남는 경우가 많은 것이다. 우리는, 특히 그 지역은 21세기 총칼 없는 전쟁의 와중에 서있는 셈이다. 이 전쟁에서 이길 방법은 큰 무기가 아니라 신경계 재생, 즉 줄기세포가 유력한 대안일 수 있으니, 먼 길 강의를 요청한 것이리라.

"고 교수님, 와 주셔서 감사합니다. 학장과 중증외상센터장을 맡고 있는 외과 김 교수입니다."
"학장님, 반갑습니다. 초대해 주셔서 먼 길 달려왔습니다."
"형님, 안녕하시지요? 오늘 어려운 일정에도 왕림해 주셔서 감사합니다."
"오, 박 교수가 부르는데 바로 와야지, 하하하. 잘 지내지?"
"네, 그리고 강의실은 2층 강당이고요, 이리로 올라가시지요."

안내에 따라 2층 강당으로 들어서니 초롱초롱한 많은 의대생들이 있다. 고석이 강당 내를 죽 둘러보니, 항상 의과대학생들은 -고석이 학생 때도 그랬지만- 받아쓸 준비를 단단히 하고 있다. 시험문제가 나올 대목을 정확히 받아 적는 것이 학점을 잘 따는 지름길이라는 것을 이들은 십수 년째 경험을 통해 알고 있고, 앞으로 수년 동안에서도 그러한 능력을 얼마나 발휘하는가에 따라 원하는 진로, 즉 모교에 남느냐 혹은 원하는 전공과를 택할 수 있느냐가 결정되는 것이다.

  학장인 김 교수가 고석을 소개한다.

  "여러분, 오늘은 국내 최고 병원인 의중병원에서 훌륭한 교수님을 모셨습니다. (중략)

  자, 그럼 이제 의중병원 신경외과 고석 교수님의 멋진 강의를 부탁드리겠습니다."

  소개말이 끝나고 우렁찬 박수가 들린다.

  "학생 여러분, 반갑습니다. 점심 직후라 졸리실 텐데요, 재생의학의 최신 지견을 소개해 드리고자 하는데, 의사국가고시에는 나올 리가 없는 내용이므로 시험 부담은 던져 버리고, 즐겁게 들어주시면 좋겠어요. 하하."

  고석의 첫마디에 학생들이 깔깔거리며 펜들을 놓는 모

습이 보인다. 옆사람과 얘기도 슬슬하면서.

고석은 이렇게 느슨하게 시작하는 강의법을 좋아한다. 서양사람들은 먼저 농담을 던지면서 딱딱한 강의를 부드럽게 시작하기를 즐겨하지만, 이날 아쉽게도 농담은 준비하기 어려웠다.

"강의의 등급은 무릇 3가지로 나눌 수 있다 합니다. 보통의 강의는 청중이 알아야 할 사실을 전달하는 것이겠지요. 그런데 이보다 좋은 강의는 우리가 현재 어디까지 알고 있는지를 알려주는 것이라 합니다. 그런데 가장 좋은 강의는 듣는 사람에게 오싹한 영감을 불러일으키는 강의라 합니다. 오늘 여러분들께 세 번째에 해당하는 강의를 들려주고 싶기도 합니다만, 잘 되려나 궁금합니다."

"하하하…" "호호호호…"

학생들이 일단은 졸지 않고 웃으며 고석을 바라본다.

"여러분, 인류는 늘 새처럼 하늘을 날고 싶어 했습니다. 수천 년 전부터 똑똑한 철학자, 과학자들은 공중을 날 수 있기 위해 여러 발명을 했고, 스스로 실험하다가 떨어져 죽기도 했습니다. 자, 20세기 문명에 필요한 대부분을 발명했다는 에디슨조차도 비행기를 만들려다가 그로 인한 폭발

사고가 나면서 포기했을 정도입니다.

그런데 이 비행기를 누가 만들었나요? 훌륭한 물리학자도 공학자도 아닌 중졸 출신의 자전거 수리공인, 여러분이 잘 아는 이름인 라이트 형제가 만들었습니다. 그것도 놀랍게 단 2년 만에 만들었습니다. 여러분! 어떻게 이것이 가능했을까요? 그 당시에는 오히려 당대의 저명한 수학자나 물리학자들이 기계장치를 달고 있는 물체는 절대로 하늘을 날 수 없다고 이론적으로 증명을 하기까지 하던 시절입니다. 그래서 우리는 바로 이 점에서 교훈을 얻어야 합니다. 즉, 새로운 과학적인 무언가를 개발을 하려면 그걸 이루게 할 전략이 참으로 중요하다는 것입니다.

라이트형제가 비행기를 만들어 보자고 생각한 동기는 이렇습니다. 어느 날 아침, 유럽에서 한 발명자가 날개를 만들어 몸에 차고 절벽에서 뛰어내리다가 사망했다는 신문기사를 보고, 하늘을 난다는 것이 이렇게도 힘든 것인가 생각하다가 마침내 자신들이 비행기를 한 번 만들기로 결심을 합니다. 그래서 중요하게도, 아주 중요하게도, 그들이 가장 먼저 한 일은 미국 연방기상청에 두 가지 질의를 편지로 보내는 것이었는데요, 그 내용은 미국에서 일 년 내내 바람이 부는 지역과 한 방향으로만 바람이 부는 지역이 어디인가 하는 질문이었죠.

그 후 놀랍게도 연방기상청의 답장을 받습니다. 미국에서 1년 내내 바람이 부는 지역, 그중에서 한 방향으로만 바람이 부는 지역을 3군데 알려줍니다. 그래서 라이트 형제는 그중 한 곳인, 그들이 사는 곳에서 1,000km 떨어진 데블스 힐이라는 바닷가로 가서 2년간 개발 끝에 1903년 12월에 10초간 100m를 나는 기체를 만들었습니다. 그로부터 10년 후에는 인류가 수만 대의 비행기를 만들어 1차 대전 때 도버해협을 날아서 넘나들게 되지요.

여러분! 이처럼 무언가를 연구하여, 개발해 내려면 가장 중요한 것은 성공할 수 있는 전략입니다!"

학생들은 봄날의 오후, 나른한 시간인데도 초롱초롱 고석을 바라보고 있었다. 시험과는 상관이 없다고 고석이 얘기했음에도 심지어 노트에 필기하는 친구들도 몇 명 보였다.

"척수손상으로 전신이 마비되는 것은 사람에서 가장 불행한 질병상태 중 하나입니다. 지금은 치료방법이 없지만, 과연 20년, 30년 후에도 인류가 여전히 치료를 못하고 있을까요? 무언가 치료법이 개발되어 있겠지요? 아마도 저는 척수에서 망가진 신경줄기, 이 신경줄기는 컴퓨터로 말하면 CPU가 아닌 케이블에 해당하는 것인데, 이를 재생하는 치료법이 나올 것이고, 그것은 확신컨대 줄기세포를 적용하는 치료법일 것입니다.

자 그럼 줄기세포를 적용하면 척수마비가 한 번에 해결될 것인가? 많은 사람들이 의문을 품는데, 저도 그러한 의구심에 동의합니다. 척수의 완전한 재생은 당분간 힘들 것입니다. 적어도 우리는 극히 일부분, 즉 마비된 척수의 두세 분절만이라도 재생되길 바라고 이를 성취하는 것을 1차 목표로 생각하고 있습니다. 두세 분절만이라도 재생되면…."

강의를 마치고 1층으로 내려오는 고석 앞에 기독교재단인 이곳 병원 건물의 계단 정면 벽에 쓰여 있는 성경 구절이 다가온다. 고석을 기다리고 있던 것처럼 그의 눈에 가득 차 들어온다.

'아무것도 걱정하지 말고 오직 너의 구할 바를 기도와 간구로 하나님께 감사함으로 아뢰라. 그러면 모든 지혜에 뛰어난 하나님의 평강이 그리스도 예수 안에서 너의 마음과 생각을 지키시리라.'

 겨울을 막 지난 봄날의 햇살은 아직도 많이 뉘어 있어서, 계단의 경사면과 창틀에 긴 그림자를 만들고 있었다. 그림자와 그 사이의 햇살이 만드는 격자가 기도와 간구라는 낱말을 가로질러 평강이라는 단어를 스치며 기운차게 지나가고 있었다.
 1층으로 내려와서는 김 학장과 박 교수가 고석의 첨단 강의에 만족했다는 흡족한 웃음을 지으며 감사의 인사를 건넸다.
 "교수님 오늘 강의에 매우 감사드립니다."
 "아~네. 학장님 초대에 다시 한번 감사드립니다. 앞으로 열심히 하겠습니다. 많은 응원을 바랍니다. 박 교수도 잘 지내고. 또 연락합시다."
 돌아오는 길에 어느덧 고속도로가 어두워지고, 고석은 운전대를 잡고 생각한다.

'동물실험이 어느 정도 성공의 가능성을 보여주었지만, 척수손상 치료제를 개발한다는 것은 매우 어려운 것이다. 줄기세포의 용량, 주입 횟수, 이런 모든 팩터를 정해서 식약처의 허가를 받아야 하고, 동물실험에서는 부작용이 없지만 인체에서는 상처 감염, 수술 부작용 등이 나타날 수 있고, 초기에 그런 부작용이 나타나면 우리의 임상연구는 꽃피우지 못하고 즉시 중단될 것이다. 넘어야 할 파도가 몇 개인지, 극복해야 할 산의 높이가 얼마나 높은지도 가름하기 힘든 것이다.'

지난주에 비아그라 과장이 독기를 숨기면서 고석에게 한 말이 다시 떠오른다.

"고 선생 말이야, 척추파트 정식 교원으로 나유성이가 발령이 났으니, 임상교수인 자네는 조심해서 진료해야 할 거야. 자칫 환자에게 문제 생겨 말썽 나면 말이야, 자네의 향후 임기가 문제가 되게 돼 있어. 알고는 있으라고."

다음날, 고석의 오후 외래에 70대의 할아버지와 딸, 사

위로 보이는 젊은 남자, 할머니가 들어왔다. 제법 두꺼운 겉옷들을 입은 데다 넓지 않은 진료실이라 꽉 차는 느낌이다.

"허리와 다리가 아프시다고요?"

"야? 야!"

척추환자들은 노령이라 대개 한 번에 잘 알아듣지 못하는 경우가 대부분이다.

"그중에 다리가 더 아프시지요? 왼다리가 더 많이 아프세요?"

"야, 왼쪽이 아픈 건 용케 아시네유."

"하하, 왼쪽 엉치를 손으로 잡고 계시잖아요. 그런데 수술을 받고 싶으신가 봐요?"

"용케 잘 아시네유."

"하하, 가족분들이 총출동한 걸 보면, 수술을 받겠다고 이미 맘먹고 오시는 경우죠. 하루에 수십 명씩 계속 처음 보는 사람들을 만나보면 그 정도는 점쟁이가 됩니다."

"허허, 그렇구만유. 좀 살려주시유, 원장님."

"그러면 아버님, 걸을 때 다리가 땡기고 저려서 더 걷지 못하고 쉬게 되시죠? 그럴 때 안 쉬고 한 번에 얼마나 걸으시나요?"

"아버지, 한 번에 안 쉬고 20~30분 정도는 걸으시죠?"

옆에서 잽싸게 딸이 아버지에게 다시 거들면서 질문한다. 이처럼 자식이 중요한 순간에 존재감을 드러내려고 진료 중 대화에 끼어드는 경우는 환자가 재력이 있다는 것을 의미한다.

"그랴."

이어서 고석이 환자에게 용기를 준다

"그 정도면 수술 받으실 정도는 아니구요. 우선 약 먹고 허리체조 좀 하시고 견디시는 단계입니다."

"수술 안 받아도 된다? 아이구 잘 됐시유. 우리 동네 병원서 빨리 수술 받아야 쓰것다 해서 왔구먼유. 그러면 원장님, 약 좀 잘 져 주시유."

"네. 약 드시고 한 달 후에 뵐게요"

이윽고 외래가 끝날 즈음에 맞춰 전화가 울렸다.

임상강사인 정운현 선생의 전화다.

"교수님 임상연구 시작할 열 분의 환자에 대해서 병원 IRB 승인과 등록이 다 이루어졌다고 외래에서 연락 왔던데, 언제쯤 수술 스케줄을 잡으실 건가 해서 여쭙고자 전화드렸습니다."

고석은 드디어 주사위는 던져졌구나 하고 느끼면서 숨을 들이쉬고 나서 말했다.

"그렇지, 다음 달 첫 화요일부터 줄기세포 주입 수술을 시작합시다."

11
첫 시작

 한 달 후, 고석은 정운현 선생을 불렀다.
 "정 선생, 인제 내일이야. 그동안 임상연구에 참여할 환자의 공고를 냈으며, 그래서 열 분이 모였고, 병원 IRB, 식약처 검정을 통과한 연구신청서, 사전검사항목 기록지, 신경학적 기록지, 지역병원에서 재활을 담당한 의사들의 소견서 등을 외래에서 처리했었고, 이 항목을 다 통과한 환자의 첫 수술이 드디어 내일이라는 의미지. 케이셀에 연락해서 줄기세포 도착시간을 미리 한 번 더 확인하고, 수술장 S로젯 챠지 간호사에게도 얘기해 둬. 수술장 입구에서 회사 직원을 안내해서 세포 갖고 들어올 수 있게 어렌지해 놓으라고. 마취 준비도 잘하고."

"예, 알겠습니다. 수술 후 환자분은 중환자실로 갑니까?"

"바이탈이 흔들리지는 않을 것이니 그럴 필요는 없고, 수술 후 일반병실로 옮기고, 폐렴 안 오게 심호흡을 잘 시키게."

"옙."

"다른 건 큰 문제가 없겠지만 척수신경에 줄기세포를 직접 주입하는 상황에 외부에서 세포 이동 중에 세균오염이 만에 하나라도 되었다면 척수 속에서 염증이 생기게 되는데 그것이 제일 걱정이야. 우리 힘으로는 제어할 수 없는 문제이고, 그 합병증의 결과는 심각할 테니….''

그날 밤, 귀가 후 고석은 윤상아 대표가 수일 전에 자신에게 건네준 종이가 생각나서 쟈켓 안주머니에 넣어두었던 그 종이를 꺼내 본다.

윤 대표도 케이셀을 설립하고 줄기세포를 생산하기까지 쉽지 않은 과정을 거쳤을 것이다. 세계 최초로 인체를 대상으로 한 줄기세포 치료제를 개발한다는 소명의식이 없었으면 여러 번 고꾸라지든지 포기했을 터인데, 어떻게 그 편견과 투자자들의 의심, 냉소를 넘어섰는지, 무엇보다도 어떻게 자신과의 확신에서 이길 수 있었는지가 내심 고석은 궁금한 터였다. 남성도 힘든 과정을 여성인 그가 포기하지 않고 최종 결과로 줄기세포라는 아이템을 개발, 생산한 덕분에 내일 임상연구를 하는 날이 온 것 아니겠는가.

연두색 원피스를 입고 병원 강당에서 회사를 소개하던 첫 만남의 윤상아를 떠올리며, 고석이 펼쳐 본 종이에는 짧은 메모와 비교적 긴 시구가 적혀 있었다.

"27년을 감옥에서 지내고 출소 후 대통령이 된 어떤 사람이 감옥에서 늘 읽던 영국 시인의 시인데요, 한 번 읽어보세요."

나를 감싸고 있는 밤은 온통 새까만 암흑
나는 그 어떤 신이라도 그 신께 감사하노라
나에게 정복당하지 않는 영혼을 주심에.

잔인한 환경의 마수에서

난 움츠리거나 목놓아 울지 않았다.
운명의 몽둥이에 두들겨 맞고
내 머리는 피 흘리지만 굴하지 않노라.

분노와 눈물의 이 땅을 넘어
공포의 어둠만이 끝없다
이후로도 더 오랜 재앙이 흘러도
나는 두려움에 떨지 않겠다.

문이 아무리 좁더라도
어떤 많은 형벌이 날 기다릴지라도 중요치 않노라
나는 내 운명의 주인
나는 내 영혼의 선장

 이 시구는 고석이 며칠 후에 알게 되었는데, 남아프리카공화국의 만델라가 투옥 기간 내내 마음의 등대로 삼았던 시로서, 윤상아는 자기가 늘 마음속에 두고 힘들 때 위안을 삼았던 '나는 내 운명의 주인, 나는 내 영혼의 선장'이라는 대목이 고석에게 또한 지탱할 힘을 주어 둘이 같이 갈 수 있게 할 거라는 생각을 하였던 것이리라.

다음날 고석은 유난히 일찍 출근하여 수술장으로 향했다.

마취는 여느 때와 마찬가지로, 아침 8시에 정확히 시작되었고, 마취 후 모든 준비와 환자 포지션 잡기, 드래핑이 끝났다고 정 선생이 연락한다.

돌이켜보면, 외래에서 한 달 전에 환자의 골반 골수를 흡인하여 영하 수십 도의 액체질소통에 담아 케이셀로 보내었고, 이후 회사에서는 골수혈액 내에서 0.1% 존재하는 줄기세포를 분리하여 충분한 양으로 배양시킨 것이다. 그 배양된 줄기세포의 일부가 오늘 역시 액체질소통에 담겨서 의중병원 수술장 앞으로 운반되어 온 것이니, 오늘 사용하는 줄기세포는 그동안 먼 여행과 초정밀 공정의 산물이라고 볼 수 있다. 이 줄기세포가 병원에서 막 해동되어 생리식염수와 같이 주사통에 담겨서 수술방 안으로 배송되어 와 있었고, 세포액은 투명한 주사통 속에서 밀도가 진한 상태임을 보여주듯이 걸쭉한 흰색을 띠고 있었다.

"자 메스!"

피부 절개부터 시작하여, 경추 뼈 제거, 척수 노출, 척수까지 오픈하는 전 단계 수술과정을 거친 후, 이윽고 배송되어 온 줄기세포 5,000만 개를 척수와 주변으로 주입하는 순간에 고석은 긴장하였다. 주사바늘 양 옆으로 고정할 수 있는 날개가 있다 하여, 버터플라이 니들이라는 별명을 가진 27게이지 특수바늘을 척수표면에서 혈관이 없는 지점을 찾아 조심스레 5mm 깊이로 찔러 넣고 나서, 고석은 정 선생이 매우 서서히 카테터로 연결된 줄기세포 주사통의 피스톤을 짜넣게 하였다.

이 과정은 동물실험을 통해 아이디어를 얻었고, 인체에 적용할 때 어떻게 할 것인가를 수없이 반복하여 상상하던 술기이다. 걸쭉한 세포액이 척수 내로 주입되면서 척수가 약간 불룩해지는 모습이 수술현미경 아래에서 보였다. 고석은 3군데에 더 세포 주입을 반복한 다음에 남은 줄기세포액을 척수 바깥 공간에 뿌리면서 재빨리 신경막을 촘촘히 봉합하였다. 그리고 봉합된 신경막 위로 생채접착제를 뿌렸는데, 혹시라도 줄기세포액이 봉합한 틈 사이로 새어 나오지 않게 하기 위함이었다. 바늘을 수회 척수에 찔렀지만 다행히 혈관을 피하였고 결과를 나쁘게 할 수도 있는 출혈은 생기지 않았던 것에 고석은 만족하였다.

"정 선생, 근육과 피부를 잘 닫아주도록 하시오."

"네, 알겠습니다, 교수님."

임상강사인 정 선생에게 나머지를 맡기고 고석은 수술장을 나온다.

'오늘 최초로 시작을 했다. 지난 수년간 준비하고, 서류 작성, 주변 설득, 동물 실험 등을 거쳐 드디어 임상적용의 첫발을 디딘 것이다. 비록 오늘의 결과가 어디로 우리를 인도할지 모르지만….'

이렇게 생각하면서, 고석은 원주의 대학 계단에서 본 문구가 떠 올랐다.

'아무것도 걱정하지 말고 오직 너의 구할 바를 기도와 간구로 하나님께 감사함으로 아뢰라. 그러면 모든 지혜에 뛰어난 하나님의 평강이 그리스도 예수 안에서 너의 마음과 생각을 지키시리라.'

"하느님이 혹시 계신다면 분명히 내 편이겠지?"
고석은 혼자 중얼거린다.

12

열사의 바람, 우리 안의 역풍

어느 날 리야드에서 최명진 대표가 휴대폰에 문자로 메시지를 보내왔다.

"아우님, 잘 지내시죠?"

"여기는 별일 없습니다."

라고 고석이 문자로 답을 하자, 이내 최 대표가 전화를 걸어왔다.

"리야드의 서쪽 해안에 건설되는 신도시에 500베드 정도로 병원설립 설계도가 완성되었어요."

"축하드립니다."

"그동안 의중병원의 국제의료사업팀과 의논한 바로, 경증환자 위주의 진료과 설정을 했어요. 중증환자인 암, 중증외상, 장기이식 등의 무거운 질환을 개원 초기에 맡아하다 보면 나쁜 결과도 발생할 것이고, 병원 평판의 문제도 있을 것을 염두에 두었어요. 그리고 덧붙여 꼭 상의할 것이 있는데요, 내 생각에는 병원의 하드웨어보다도 의료진을 어떻게 채우느냐가 더 중요할 것 같은데, 어떻게 모집을 하는 것이 좋겠어요?"

최 대표 질문에 고석이 대답한다.

"제가 해외사업에 참여할 권한이 없어서 뭐라 말씀드릴 수는 없겠지만 말이죠, 사우디에 건립될 병원은 초대 병원장이 중요합니다. 사익보다 공익을 앞세우는 사람이 리더가 돼야 하고, 병원을 채울 구성원들은 사우디와 한국, 의중병원에 서로 이익이 되는 최선의 맨파워 즉 '팀 코리아'로 부를 수 있을 정도로 최상급 인원을 모아야겠죠."

"공익을 앞세우는 사람?"

최 대표가 약간 생각지 못한 내용이라는 뉘앙스로 묻는다.

"그렇죠. 공익을 먼저 생각하는 사람은 매사에 역사책을 쓰는 느낌으로 살고, 사익을 앞세우는 사람은 늘 소설책 쓰는 기분으로 일을 하죠, 소설은 덮으면 그만입니다.

그들은 조직에 이로운 사람이 아니라 자기에게 이로운 사람을 데리고 다니죠. 하하."

"좋아요. 아무튼 양 한 마리가 이끄는 사자떼보다 사자 한 마리가 이끄는 양떼가 더 무섭다 했으니, 고 교수의 추천에 기대가 큽니다. 우리가 만들 팀이 양떼든 사자떼든 간에 그 무리를 이끄는 리더는 반드시 용맹한 사자일 테니, 성공은 눈앞에 있소."

"하하 형님! 제가 맘 같아서는 달려가고 싶지만 우리 병원에서 국제의료사업팀 관할이고, 제가 영향을 미칠 수 없어서 쓸데없는 조언 정도만 해드립니다."

"쓸데없다니요. 무슨 말씀을…. 귀중한 말씀이시고, 항상 지도 편달 바라요. 고 교수께서 참여할 기회가 반드시 올 거예요."

"하하, 네. 사우디 모래바람에 건강 조심하세요, 대표님."

"그건 그렇고, 줄기세포 연구는 좀 어떻게 돼 가고 있지요?"

"그간 열 분의 환자에 적용하였고, 세 분이 상지 힘이 좋아졌습니다. 좀 더 경과 관찰 후에 이 데이터를 기반으로 치료제 개발단계로 들어가야지요."

"그럼 3상 임상연구가 필요하겠군요."

"그렇지요. 3상 임상을 하려면 비용 면이나 페이퍼워크 등 넘어야 할 허들이 만만치 않습니다."

"Obstacle is the path라는 말이 있지요. 그 허들 바로 뒤에 길이 있을 거요."

"하하, 그렇다면 그 허들을 뛰어넘을 좋은 운동화를 사야겠습니다."

"이곳 아랍지역에서도 척수손상 치료에 관심이 대단히 많아요. 부디 아우님이 연구를 계속해 나가길 기원해요. 언젠가 그 연구 결과를 바탕으로 이곳에 진출하길 확신합니다."

"네, 형님의 말씀에 힘이 솟네요, 꼭 그렇게 나아갈 수 있도록 하겠습니다."

한 달 후.

학회장 안은 북적였다. 척수 및 척추 관련 신경외과, 정형외과, 재활의학과 의사들이 모두 모인 다학제 학술대회인 터라 임상뿐만 아니라 기초연구에 대한 연제도 많았고, 강당 밖의 제약사와 의료기구 회사들의 광고 부스도 대단한 규모를 자랑하고 있었다. 고석이 일견 보아도 연간 1조 이상의 매출을 올리는 국내 대표 제약회사들과 다국적 유명 제약사들의 부스가 등록데스크 맞은편으로 중앙을 차지하고 있었다. 그들의 홍보 부스는 대부분 홍보용 기념품을 지급하고 있어서, 젊은 연구원들이 기념품을 받으려고 부스 앞에 줄 서 있는 모습도 보였다. 게다가 커피를 서비스하는 이벤트가 장내의 코너에 있어서 학회장 내에 에스프레소의 달달한 브라운색 향내가 퍼지고 있었다.

고석의 연제는 오전 10시 정각에 30분간 발표 예정이 되어 있어서 그 연제의 임상적 의미를 학회에서도 높이 평가하는가 보다 하고 고석은 생각했다.

점심식사 시간에 하는 런천 세미나는 장내 분위기가 좀 산만하고, 점심시간 직후에 하는 강의는 졸면서 듣기 일쑤여서, 학술대회의 가장 중요한 연제는 좀 늦게 오는 사람도 들을 수 있고, 청중들의 집중도가 가장 높은 오전 10시에 배정하는 경향이 있다.

어쨌든 의중병원에서 시행한 줄기세포에 관한 현재 연구결과를 의학계 모두가 인정하는 것은 아니고, 과학의 영역일지라도 상식을 바꾸는 새로운 변화는 일단 부정당하고, 폄하되는 현상이 동서고금을 통해 항상 있어 왔고 반대 질문도 분명히 많을 것임을 또한 고석은 직감하고 다소 긴장하고 있었다.

비즈니스의 세계와 비슷하게도 의학계에서도 대개는 그 분야의 대가라는 사람들이 더 큰 저항과 반대를 보인다. 왜냐하면 기존 분야의 대가들은 역설적으로 새로이 시작되는 연구에는 발을 딛고 들어가기가 힘들 경우가 많기 때문이다.

좌중에는 의중병원에서도 신경외과 척추팀이 와 있었다. 대회장 내를 보니 기초연구자, 전공의, 임상강사, 전문간호사 등 각 직역에서 골고루 참석해 있는 것이 보였다.

그리고 한쪽 구석 통로열 쪽에 청중이 질문하기 위한 마이크가 세워져 있는데, 마이크 옆좌석에 고석이 '아티팩트'라고 별칭을 붙인 나유성 교수도 앉아 있는 모습이 보였다. 마이크 주변 자리에 앉아 있는 사람들은 질문을 하기 위한 준비가 되어 있다는 뜻이다.

오전 자유연제가 끝나고 중요연제 시간이 되었다. 마침내 학회 학술이사가 고석 교수를 소개하는 멘트가 장내에 흘렀다.

고석이 인사하면서 연단에 섰다.

"안녕하십니까. 의중병원 신경외과의 고석입니다. 먼저 이 좋은 자리에 저희 교실의 연구결과를 발표할 기회를 주신 대한척추의학회 회장님 이하 임원진 여러분께 감사드립니다."

고석은 병원에서는 습관이 들지 않은, 오랜만에 맨 넥타이가 목을 좀 조여옴을 느꼈지만, 그 느낌이 학회장에 와 있다는 생각을 더 들게 하여 기분 좋은 긴장감으로 오히려 상쾌해짐을 느꼈다.

"저희들은 경추부 척수손상 환자 열 분을 대상으로 골수유래 줄기세포를 수술적 방법으로 척수 내로 세포를 주입하고, 이후 두 차례에 걸쳐 비침습적으로 추가 주입하는

방법을 통해 줄기세포 치료법을 시행하였고 이후 환자분들을 1년간 관찰하였습니다. (중략)

결과적으로 10례 중에서 3례에서 일상생활의 향상을 가져올 정도로 의미 있는 상지근력의 향상을 관찰하였고, 이들의 증례에서 순차적으로 시행한 자기공명영상에서, 손상된 척수 부위에서 신경줄기의 재생으로 보이는 영상 증거를 발견할 수 있었습니다. 이러한 소견은 세계 최초로 학계에 보고하였고, 향후 2상과 3상 임상연구를 통한 줄기세포 치료법의 정립이 필요할 것으로 보입니다."

고석의 발표가 끝나자 좌중에서 큰 박수가 울려 퍼지는 동안, 연단의 반대편에 앉아 있던 좌장이 질문이나 토론을 받겠다고 말한다.

아니나 다를까 아티팩트가 가장 먼저 질문하려고 일어나고 있었다.

"고 교수님 먼저 축하드립니다. 의중병원 신경외과의 나유성입니다. 그런데 환자에서 증상이 좋아진 현상이 줄기세포가 어떤 작용을 하여 신경의 재생을 일으켰는지 설명을 할 수가 있는 것입니까? 일반적으로 그 치료제의 기전을 설명할 수가 없다면 이러한 환자에게서 나타나는 변화가 줄기세포에 의한 것인지를 단언할 수는 없지 않을까요? 게다가 1년 정도를 관찰한 것뿐인데, 영구적인 효과라고 속단하는 말을 할 수가 있는 겁니까?"

억지스러운 질문이지만 정답을 대답하기는 매우 힘든 질문을 할 것이라는 것을 고석은 짐작하고 있었다. 그리고 침착히 답변을 해나갔다.

"나유성 교수님, 우선 훌륭한 질문에 감사드립니다. 매우 중요하지만, 그러나 답변하기는 매우 힘든 질문인 것 같습니다."

좌중에서 여기저기 웃음소리가 터졌다. 고석은 답변을 이어갔다. 웃음소리는 그치고 장내는 숨죽인 고요함으로, 고석의 입을 쳐다보고 있었다.

"임상의사로서 가져야 할 관점은 이러하다고 생각합니다. 더 이상 치료 방법이 없는 난치성 신경질환에서 그 기전이 완전히 밝혀지지는 않았지만, 유일한 치료법이고, 최소한 안전성이 확보된 치료법이 있다면, 우선 그것을 치료에 적용하는 것이 환자를 위해 타당할 것이라고 봅니다. 예를 들면 모두들 잘 아시는 아스피린이라는 약제가 있습니다. 아스피린은 19세기 후반부터 해열, 진통 효과로 널리 쓰여 왔지만 그 작용기전이 알려진 건 아스피린이라는 약제가 사용되기 시작한 지 100년 후이고, 이 100년 후에 아스피린의 치료기전을 밝혀낸 학자는 노벨상을 받았지요. 비슷한 약제인 타이레놀은 현재 진통 해열제로 가장 많이 쓰이고, 특히 콩팥이 나쁜 환자에게도 비교적 안전하게 쓰이고 있는 명약이지만, 아직도 우리가 완전한 작용기전을 모르고 있을 정도입니다. 오늘 제가 발표드린 줄기세포도 그러한 과정을 거쳐갈 것으로 봅니다. 우리가 작용기전을 모른다고 부정하고, 치료제에서 제외한다는 것은 의학자로서 특히 환자를 치료하는 임상의사로서 좋은 자세는 아닐 것 같습니다."

아티팍트의 표정이 일그러지면서 의자에 돌아가 앉는 모습이 보였다.

13
전쟁의 서막

"고 교수님! 다음 달에 식약처에서 3상 임상연구에 대한 허가를 받기 위한 전문가회의가 있는데, 임상연구 책임자로서 참석이 가능하시겠어요?"

윤상아 대표가 다급히 전화를 걸어왔다.

"어 윤 대표님, 지금 저를 약품허가 전문가회의에 출석해서 의견을 말하라고 부르는 거예요? 전쟁터 일선에서 전쟁하느라 바쁜 장군을 후방에서 작전회의하러 참석하라고 연락하는 셈인데 말이죠. 시간은 내볼 수 있겠지만, 왜 갑자기 저까지 식약처 회의에 불러내려고 생각하게 된 건가요?"

고석은 책상 앞에서 행정만 하는 공무원들이 또 뭐 하

나 허가해 줘야 하는 사항이 생기면 이것저것 들추어보고, 결정은 쉽게 안 내려주는 경우가 많은데, 이번 상황에도 그렇게 벌어지는 것 같은 느낌이 들었다.

"아, 그 참 그게 말이에요, 교수님의 최초의 줄기세포 척추동물실험에서 객관적인 증거를 지닌 좋은 결과가 나타났으며, 임상연구를 소규모로 한 이른바 파일럿 스터디에서 또한 치료효과가 있음을 증명했고, 그 데이터를 국제학술지에도 퍼블리시했잖아요? 그래서 이번에 케이셀 주도로 식약처에 접수해서, 줄기세포 신약치료제로 정식 개발을 하고자 하는데, 그러려면 대규모 임상연구가 필요한 거예요.

그런데 문제는 그 대규모 3상 임상연구에서 결과적으로 어떠한 효과가 나타나야 신약으로 인정할 수가 있는 것인지, 즉 치료효과 기준이 줄기세포 치료에 관해서는 세계적으로 전례가 없고 따라 할 수 있는 기준도 없는 거예요. 그런 문제를 식약처도 알고 있고, 그래서 거기서 전문가회의를 열어서 기준을 세우자고 연락이 왔습니다. 그런데 상황을 한번 예상해 보자구요. 전문가라고 모여 봐도 역시 기준을 합의하기는 매우 힘들 것 같아요. 예를 들면 사지가 마비된 환자가 대체 어느 정도로 좋아지면 치료효과가 있다고 할 수 있을까요? 손가락을 움직이면 인정할 수 있을까요?, 한쪽 팔을 들면 치료효과가 있다고 할 수 있을까요? 어떻게 기준을 정하지요?

그래서 난상토론이 벌어질 것 같고, 식약처 본부장도 그러한 상황을 예상했는지, 임상치료 경험이 있는 고 교수님을 회사 측 전문가로 와서 코멘트 해주십사 참석을 요청해 왔어요."

전화를 통해 윤상아 대표가 비교적 자세히 설명을 해주는데, 하긴 그럴 만도 하다고 고석은 생각한다. 그런데 윤 대표의 평소와는 다른 높고 빠른 톤의 목소리가 그녀의 지금 심리상태를 말하는 것 같았다. 몰고 가던 차가 갑자기 굴러온 바위에 부딪혀 다급히 보험사 직원을 연락하는 기분인 것 같다고 고석은 생각한다.

"음… 그렇군, 그렇겠네."

생각해 보면, 분명히 애매한 상황이다. 세계 최초의 약을 개발하려는데, 그 약의 치료 대상이 되는 질병을 한 번도 약으로 치료해 본 적이 없는 상황이라면, 치료효과라는 그 자체를 무엇으로 인정할 것인가 하는 문제로 회의 중에 이론이 분분할 것 같다고 고석은 생각하였다. 여하튼 고석은 회의 날짜에 맞추려면 빡빡한 수술과 외래 스케줄을 어떻게 조정할까 걱정부터 되기 시작하였다.

한 달 후.

식약처 본부 건물은 넓게 펼쳐진 대지에 우람한 유리와 철골조의 선을 자랑한다. 고석은 서울의 비좁은 공간을 벗어나 세워진 이 건물이 거리상으로 멀어 한 번씩 서울에서 오가기에는 힘들지만 다양하고 광범위한 국가의 식품과 약품에 관한 행정업무를 보기에 이만한 공간이 따로 없을 것이라는 생각이 들었다. 서울에서 아침 일찍 출발하여 한낮에 도착한 터라, 식약처의 넓은 야외 부지를 감상할 수 있었다.

조성된 지 몇 년이 안 된 부지라 그런지 나무들은 가는 몸집에 거무튀튀한 피부결을 묵묵히 자랑하고 있었다. 사람들은 온갖 걱정과 아픔과 경쟁으로 아등바등 살지만 이 나무들은 그냥 조용히 그 자리에 서서 일생을 마치는데, 같은 생명이지만 왜 이리도 일생이 다른가. 고석은 조금 후에 벌어질 치열한 회의를 앞두고 엉뚱한 생각을 해 보기도 한다.

"고 교수님, 잘 오셨어요."

먼저 와서 대기하고 있던 윤상아 대표가 몹시 반가워하며 악수를 청한다. 그러고 보니 서로 악수를 한 적은 별로 없는 것 같았는데, 전투 직전이라 자연스럽다. 늘 자신에 넘치는 그녀가 오늘은 살짝 긴장한 모습이었고, 낮은 검은색 단화에 밝은 상아색 스카프 매고 있었다. 어떡하든 밝은 인상을 주어서 심사위원들에게 신뢰를 주고 싶은 심산일 것이라고 고석은 생각하였다.

"네, 오기에 생각보다 머네요. 아침부터 회의 시간을 맞추느라 하루 출장을 냈어요. 외과의사를 이렇게 숏 노티스로 오라 가라 하면 나쁜 사람이에요."

"죄송해요, 나중에 제가 한턱낼게요. 호호."

"하하, 우리가 산을 넘기 위해서는 해야 하는 과정이

니 기꺼이 참석해야지요. 그나저나 오늘 회의결과가 좋게 나와야 할 텐데, 전문위원들은 누구누구인지 모두 파악했어요?"

"네. 계륵대 의대에서 기초의학을 하는 오 교수와 수산대병원 재활의학과 교수, 또 어디 소속인지는 모르겠는데 정형외과와 신경외과에서 척추를 전공하는 교수가 각각 와 있어요. 회의 주재는 이곳 식약처에서 임상연구본부장이 할 예정인가 봐요."

"원래 신약 임상연구 프로토콜 허가할 때 이런 전문가 회의라는 게 있는 거예요?"

"아뇨. 보통은 해당 부처장이 전결하는 것인데, 아마 세계 최초의 줄기세포 신약 허가 사항이고 국내외에서 주변 이목이 집중하니까, 나중에 혹시 잡음이 들리는 경우에 책임을 분산하려고 본부장이 회의체를 만든 것 같아요. 이를테면 예외 상황이지요."

"허 참. 전쟁에서 야전 사령관을 불러왔으니, 줄기세포 치료가 무엇인지 내가 오늘 단단히 보여 줘야지."

"그래요, 전 늘 우리 고석 교수님 패기가 좋아요. 그래서 제가 늘 배운다니까요! 호호, 자 교수님 들어갑시다. 파이팅!"

윤 대표가 약간 과장된 언어로 고석의 전투력을 올리려고 하는 것을 느꼈다.

실내는 이미 전문가로 위촉된 4명의 교수가 앉아 있었고, 사람 좋아 보이는 본부장은 테이블의 세로축 맞은편 끝에 앉아 있다. 글라스와 철골로 크고 경쾌하게 세워진 현대식 식약처 건물 외형과는 달리 회의실의 브라운색 두꺼운 나무 테이블은 80년대 유행하던 가정집 식탁을 넓혀 놓은 것처럼 보여 어울리지 않는 느낌이었고, 길이는 다소 길어서 참석자들의 간격을 멀찍이 떨어뜨려 놓게 되어 있었다. 테이블의 나무 표면이 반들반들하게 코팅이 되어 있는데, 마치 오늘 세포치료제의 신약 기준을 강도 높게 주장할 4명의 전문가들이 잠재의식을 드러내고 있는 것 같았다.

고석과 윤 대표가 가벼운 인사와 소개를 한 후 자리에

앉자, 회의가 시작되었다.

"고 교수님. 실험하는 줄기세포는 성체줄기세포로 알고 있는데, 이 세포는 척수 내로 주입되면 신경세포로 분화하는 건 아니잖아요? 그런데 어떻게 손상된 척수신경을 재생시킬 수 있다고 생각하십니까?"

예상했던 대로 기초의학을 전공하는, 학회 때면 늘 가장 많은 비판과 질문을 하는 오 교수가 먼저 질문한다.

"좋은 질문이십니다. 아시다시피 성체줄기세포는 안전하기는 하지만 다른 조직의 세포로 분화하는 능력은 배아줄기세포보다 떨어집니다. 저희들은 넣어준 성체줄기세포가 신경세포로 분화되길 기대하고 주입하는 건 아닙니다. 또한 인체 내로 넣어준 줄기세포가 신경세포로 분화한다면 오히려 부작용이 나타날 수도 있습니다. 저희가 예상하는 줄기세포의 역할은 척수를 다쳐 마비가 있는 환자에서 이미 손상된 신경줄기, 즉 축삭이라고 부르는 조직이 다시 척수의 아래쪽으로 자라날 수 있도록 영양물질을 분비하거나 끊어진 신경줄기가 망가진 상처조직을 건너뛰어 자랄 수 있도록 가이드 역할을 하는 것입니다."

고석이 기다렸다는 듯이 줄기세포의 치료 메커니즘에

대한 가설을 설명한다. 윤 대표는 일단 공방을 지켜보고자 하는 듯 미동 없이 좌중을 바라보고만 있었다. 어설프게 회사 측 대표가 나설 수는 없는 상황이다.

"그러면 일시적 효과에 그칠 텐데, 어찌 지속적 효과가 필요한 척수손상에 사용한다는 것이지요?"

두 번째 질문은 재빠르고 높은 톤으로 나왔다.

"방아쇠 효과라고 아십니까? 방아쇠는 한 번만 당겨도 이후 발사된 총알은 타깃을 향해 계속 날아가게 되죠. 줄기세포의 역할은 일시적 효과를 발휘하지만, 그 역할을 시작으로 척수재생의 방아쇠가 당겨지는 것입니다. 또 제2, 제3의 추가적 세포 주입은 첫 번째 주입과는 달리 큰 수술을 하지 않고도 요추천자를 통해서 가능합니다. 이러한 치료 프로토콜을 저희들은 수개월 전에 국제학술지에 논문으로 보고 해 놓았습니다."

이윽고 가장 중요한 질문을 재활의학과에서 온 심사위원이 던진다.

"그러면 줄기세포로 마비 환자가 치료되었다고 하는 것은 어떻게 알지요?"

고석이 손에 힘을 주면서 나지막이 대답한다. 이 재활

의학과 전문위원이 한 질문은 이 회의에서 가장 중요한 주제이고, 앞으로 고석과 윤상아가 수행할 임상시험의 결과가 나왔을 때 같은 결과를 놓고 성공으로 해석될 수도, 실패로 해석될 수도 있는 포인트라는 것을 알고 있기 때문이다. 의학은 분명히 과학의 범주에 들지만, 어떤 점에서는 회의에서 다수결로 정하는 인문학적 측면이 있기도 한 것이다.

"척추를 다친 후에 마비를 가진 채 오랫동안 지내온 분들은 더 이상 회복이 되지 않는 시점이 옵니다. 우리는 그러한 시간대를 플래튜라고 부르고, 이 시점부터 안타깝게도 그 상태로 평생토록 마비가 지속되는 것입니다. 만일 우리가 환자 각자의 플래튜에 해당하는 시점에서 줄기세포로 치료를 해서 손가락 하나라도 움직이는 게 좋아지면 그건 치료효과가 있다고 보아야 할 것입니다."

그러나 좌중이 술렁이며 저항이 곧바로 시작된다. 전문위원 중 정형외과 교수가 단호한 어조로 부언을 한다.

"마비된 몸 전체에서 손가락을 좀 더 잘 움직인다고, 그 환자가 치료된 거라고 본다고요? 환자가 치료 후에도 일상생활이 크게 달라지는 건 없는데도, 비싼 치료제를 쓰게 된다면 그건 말이 되지 않는다고 봅니다."

결국 우리가 수행한 파일럿 스터디 임상연구 결과를 호락호락하게 받아들일 수는 없다는 분위기다. 치료제로 인정받기 위한 3상은 아직 시작도 안 한 임상연구인데, 연구의 성공 여부는 성공 기준이 얼마나 엄격한가에 따라 달라질 수도 있는 것이다.

듣고만 있던 본부장이 발언한다.

"자, 그럼 토론은 상당히 깊게 이루어진 것 같습니다. 오늘 좀 더 우리 위원분들끼리 의견을 나누고 결과를 통지하겠습니다. 업계에서 오신 분들은 수고 많이 하셨고, 이만 가셔도 좋겠습니다."

고석은 회의실에서 일어나 나오며, 결국 자신이 업계에서 온 사람으로 분류되었다는 것에 씁쓸한 느낌을 가졌다.

회의장을 나오면서 윤 대표가 말한다.

"아마도 저 양반들, 여러 이유를 대면서 기준을 엄격하게 잡아 놓을 거예요. 사지마비 환자가 치료가 되었다 하는 것이 어떤 경우부터 그렇게 효과가 있다고 판정하는가 하는 기준이 다소 애매한 측면이 있고, 게다가 이번 임상연구에서 세계 최초로 기준을 정하는 것이니 너무 쉽게 허가를 내어 주었다는 책임을 면하려고 무조건 엄격하게 해두고 싶은 것이 자연스러운 심리현상 아니겠어요?"

"그래요, 불행히도 그럴 만도 하지요. 좀 두고 봅시다. 운명의 여신은 우리 편 일거라 믿고 싶어요."

짧은 가을이 끝나고 또다시 찾아오는 쌀쌀한 초겨울, 이윽고 외래 끝날 때 전화가 울린다. 윤상아 대표다.

"고 박사님, 식약처에서 줄기세포 치료 시 유효성을 인정하는 기준이 막 나왔어요, 그런데 만만치 않아요."

윤 대표의 첫마디에 고석은 우리가 하는 임상연구에 대해 날씨만큼이나 쌀쌀한 학계의 관점이 드디어 본체를 드러내는구나 싶었다. 그리고 궁금하기도 했다.

"그날 분위기 보고 나올 때 짐작은 했어요. 대체 얼마나 까다롭나요? 임상 성공의 기준은?"

"음, 메일로 보내드리겠지만 기준은 이렇게 정해졌어요. 먼저 충분한 수의 환자에게 치료를 시행해야 하고요. 효과 판정은요 우선 예를 들면, 한 환자에서 줄기세포 치료 후 1년 동안 경과를 관찰한 후에, 그 환자의 마비된 관절 중에서, 힘이 중력을 이기는 정도로 좋아지는 관절이 2개 이상 나와야 그 환자에서 치료효과가 있다고 보고요, 그러한 환자가 전체의 30%가 넘어야 신약으로 인정한다는 거예요. 무엇보다도 불리한 것은 프로토콜에서 줄기세포를 한 번만 주입해야 한다고 했어요. 이전의 우리 파일럿 스터디에서는 최초 주입 후에 두 번 더 요추주입을 했잖아요. 세 번 할 것을 한 번으로 줄이라는 것이지요. 어휴…."

"음, 그거 매우 불가능한 얘기인데요. 줄기세포를 한 번만 주입하는 경우에는 힘의 변화가 관절 한 개에서만 나와도 성공이라 볼 수 있는 거 아닐까요? 어쨌든 최선을 다해서 시작해 봅시다. 우리에게 이 방법밖에는 없고, 혹시 실패하더라도 그만큼은 전진하는 것이니까요."

고석은 윤상아가 전화기 넘어 전해주는 소식에 크게 낙담하였지만 다른 길은, 돌아갈 수 있는 길은 없음을 알고 있었다. 그리고 이만큼 온 것만도 대단한 전진이 아닌가 하고 생각했다.

14
우연 같은 필연

"아우님, 내일 제가 건강검진받으러 의중병원에 가는데, 검사 끝나고 점심이나 같이 할까요?"

최명진 대표로부터 오랜만에 반가운 전화가 왔다.

"최 대표님, 사우디에서 언제 오셨어요? 마침 제가 내일은 오전만 외래니, 건강검진 마친 후에 저하고 원내 레스토랑에서 식사나 하시죠. 그간 열사의 중동에서 있었던 재밌는 얘기도 들려주시고요."

"하하, 아우님 목소리는 여전한 듯하네요, 더운 나라에서 이제 막 오니 좀 어리둥절해요. 즐거운 얘기는 내일 만나서 해요."

다음날.

건강검진을 마치고 병원 1층 로비에서 환한 얼굴로 최대표는 고석을 만났다.

"하하, 이게 얼마만입니까?"

"아이고, 대표님 얼굴 많이 타셨네요. 사우디는 늘 햇빛이 보통 아니죠?"

두 사람은 꽉 잡는 악수를 나누며 반가워했다.

"우선 아침부터 내시경 받느라 식사는 못하셨을 테니 몹시 시장하실 텐데요, 원내 스카이라운지 식당을 제가 예약해 두었으니 올라가시죠."

두 사람이 엘리베이터를 타고 올라가다가 중간층에서 타는 병원장을 만났다. 의중병원 원장은 작년에 새로 취임하여 사우디 병원 건립 계획은 세세히 보고받지 못한 상태인 것이다.

"아 원장님, 식당 룸에서 회의가 있으신가 봐요? 이분은 제가 존경하는 선배님이신데요, 현재 사우디에서 신도시 건설 시행사 대표를 맡고 계십니다. 최명진 대표님이십니다. 최 대표님, 우리 신임 병원장님께서도 이제 본격적으로 시작된 우리 병원의 사우디 진출에 관심이 많으시거든요."

"안녕하세요, 최명진입니다."

"반갑습니다. 박수하 원장입니다."

"중동에서 사업하시기 힘드실 텐데요. 음식은 잘 맞습니까?"

"하하, 워낙 외국서 생활을 오래 해 와서 한국음식 좀 덜 먹어도 잘 견딥니다. 의중병원과 이제 시작 단계이지만 신도시 내 중간 규모의 병원으로 구상하고 있고, 피저빌리티 테스트에서도 경제성이 있는 것으로 나왔어요. 현재 다국적병원 컨설팅 회사와 협의 중에 있습니다. 의중병원에서 온 관계자들과도 논의 중에 있습니다만…."

그때 박 원장이 최 대표의 말끝이 흐려지는 순간을 포착했다.

"좀 힘드신 일이라도?"

고석이 거든다.

"하하 원장님께서는 눈치가 빠르시답니다."

그러자 최 대표가 작심한 듯 현지의 얘기를 풀어놓는

다.

"현재 의중병원에서 사우디 측과 협의를 하고 있는 국제의료사업팀 담당자는 책임경영, 즉 초기 시설비 투자 및 경영 비용을 의중병원에서 다 부담하고, 그 대신 이익에 대해서도 우선권을 가지는 하이 리스크 하이 리턴 방식을 선호하고, 그렇게 추진하길 원하고 있는 점이 좀 문제입니다."

고석이 다시 거든다.

"지금 최 대표님이 언급하신 책임경영 방식은 해외 사업 경험이 적은 우리 의중병원에서는 상당히 위험성이 있고, 본격적으로 건설이 임박했을 때 최종적으로 우리병원 이사회에서 그 점을 염려하여 통과가 부결될 수도 있습니다. 책임경영이라는 것은 잘못될 경우 손실을 떠안아야 하는 형태이기 때문에 병원 이사회에서 싫어할 수 있거든요. 그 점이 사우디 시행사 측에서 제일 고심하는 점이지요. 사우디 측에서는 최종 단계에서 의중병원의 참여가 불확실해지면, 추진 일정에 차질이 생길 수 있고, 임박해서는 사우디 밖에서 다른 병원 파트너를 구하기가 쉽지 않게 되니까요."

고석의 설명에 박수하 원장은 크게 고개를 끄덕이면서 의견을 말한다.

"흠~ 아직 해외사업 부분에 대해 제가 자세히 업무보고를 못 받았는데요, 그러한 우려 점이 있다는 것은 충분히 이해하겠습니다. 그렇다면 앞으로 이 점에 대해 제가 국제의료사업팀의 브리핑을 받고, 조정을 해볼 수도 있겠습니다. 혹시 그렇다면 책임경영이라는 방법 외에 다른 대안이 있을까요?"

고석이 세 번째로 나선다.

"위탁경영이라는 것입니다. 이 방법은 건설과 설비, 인력에 관한 모든 비용을 사우디 측에서 부담하고, 우리는 파견된 의료진의 인건비 및 유지비를 받고요. 필요시 인센티브를 받을 수 있습니다. 이러한 위탁경영 방안은 사우디 측에서도 충분히 찬성하고 있는 안입니다."

고석은 짧은 순간에 어쩌면 사우디 진출에 걸림돌이 해결될 수 있겠다 싶었다.

엘리베이터에서 내리면서 박 원장이 얘기한다.

"고 교수가 사우디 건립 사업에 좀 참여하면 어떻겠습니까?"

그러자 최 대표도 흔쾌히 찬성한다고 대답을 한다.

"고 교수가 참여하면 더할 나위 없이 든든하겠지요, 사우디로 복귀하면, 즉시 시행사 내에서 고 교수의 겸직 방안을 생각해 보겠습니다.

고석은 쾌재를 불렀다. 멀어질 수도 있었던 사우디와의 인연이 이렇게 이루어지는가 싶었다.

늦은 점심을 먹고 최 대표와 헤어지고 복도를 지나다가 식사 후 잠시 쉬고 있는 전공의들을 모아놓고, 마 교수는 또 전공의와 사적 집담회를 한다. 신경외과 전공의들 사이에서는 신경외과 관련 지식도 아니고 의학역사학도 아닌 그러나 흥미진진한 생활철학을 전수해 주는 마 교수의 사적 집담회를 '신경외학과' 강의로 부르면서 인기가 높다.

"오늘은 협상학에 대해 얘기해 주지. 협상은 누구든지 살아가면서 정말 중요한 거야. 오랜 서양의학의 역사에서도 협상의 기술이 의학의 발전에 큰 영향을 끼쳐 왔어. 협상의 기술을 알면 자네들이 나중에 아파트를 사거나, 뭔가를 살 때도 유용하게 쓰이는 거야. 잘 들어. 비즈니스에서 협상을 할 때에 최초에는 대개 양측에서 실세가 만나지 않아. 모두 서로 대리인이 나가서 협상하는 게 일반적인데 말이야. 협상할 때 제일 중요한 포인트는 상대가 무슨 조건을 내밀든 첫날에는 절대로 결론을 내면 안 돼. 나는 상대가 내민 조건에 관계없이 무조건 '노'라고 말하는 거야. 그러고 돌아와야 되는 거야."

'왜 그런가?'

지나면서 무심코 듣던 고석은 궁금해진다.

"왜냐고? 나뿐만 아니라 협상 나온 상대방의 이익을 위한 거야. 즉 윈윈이 되기 위한 거란 말이야, 카카. 내가 물건을 사려는 협상에서 대리인이 나가서 한방에 협상하고 돌아오면 오너인 내가, 즉 회사 주인이 뭐라고 그러겠어? 혼낼 테지. 더 깎을 수 있는 거를 한 번에 끝냈다고, 크크. 또 첫 방에 계약되면 팔려고 나온 상대방도 어떻게 느끼는지 알아? 좀 더 높게 부를 걸 잘못했다고, 찜찜한 후회를 하게 되는 거야. 암만 계약이 잘 되었다 하더라도 첫 번 협상테이블에서 성사가 되면 양쪽이 다 루저가 되었다고 느끼는 거야. 그래서 첫날에는 안 돼! 물론 첫 만남에 거절을 한다는 것은 내가 기선을 제압하게 되어 향후 더 깎을 수 있는 확률을 높이는 이점도 있는 거지. 알간? 카카카."

　마 교수의 이른바 협상학을 귀동냥으로 들으면서 고석은 앞으로 열사의 땅에서 팔자에 없던 얼마나 많은 협상이 기다리고 있을까 하는 생각을 문득 한다.

15
한계

3상 연구는 파일럿 스터디 때보다는 재정적으로 여유가 있었다. 필요한 부분은 윤 대표의 케이셀에서 합법적으로 지원을 해주고, 행정서류, 환자의 의무기록, 검사 일정에 관한 방대한 자료를 회사에서 어렌지한 임상전문 간호사인 신 선생이 도맡아 해 주었기에 35명의 환자를 예상하고 시작하여 그만큼 일도 많았지만, 진행은 차질 없이 이루어졌다. 이윽고 식약처에서 관계전문가회의를 하고, 효과 기준이 마련된 후에 3상 임상연구를 준비한 지 3년, 줄기세포로 환자에 치료를 시작한 지도 1년이 되었다. 그러나 고석은 초조한 마음이다. 예상한 만큼 환자들의 결과가 좋지 않았기 때문이다.

"정 선생."

임상 조교수에게 묻는다. 오랫동안 같이 일해 온 정운현 선생도 이젠 아직 정식 교수는 아니지만 진급을 하여 조교수이다.

"왜 우리가 최초로 했던 10명의 파일럿 스터디와는 다르게 본격적으로 시작한 3상 연구에서는 성적이 썩 좋지 않을까?"

"파일럿 스터디 때와는 프로토콜이 달라졌기 때문인 것 같습니다. 식약처에서 허용한 3상 연구의 규정 때문에 현재 3상 연구 수술에서는 한 번만 줄기세포를 주입하고 있지 않습니까 교수님."

"그렇지만 줄기세포를 두 번 더 주입 못하는 것을 보상하기 위해 대신에 4주간의 적극적인 재활치료를 추가했지 않나?"

"…"

"정 선생, 식약처 기준에 맞는 치료효과를 확인하기 위해서는 적어도 35명의 연구가 통계적으로 필요한데, 지금까지 나온 결과를 보면 이 증례 수를 다 채워도 성공 판정을 받기 힘들 것 같아. 그래서 내가 생각을 해보았는데, 지금의 3상 임상연구는 조만간 조기 종결을 하고 최대한 긍정적인 결과가 나온 데이터를 모아서 그렇지 않은 환자군과 비교하여 유의미한 팩터들을 찾아내고, 그 결론을 SCI 논문으로 보고합시다."

서울의 여름은 몹시 무덥다. 장마철이 지난 터라 가끔 내리는 소나기가 땅과 도로의 열기를 식히기는 하지만 그보다 더 기세등등한 햇볕이 계절을 지배한다.
"숨이 턱턱 막히는군"
"교수님, 비자는 발급받으셨나요?"
"아직 못했는데요. 어떤 과정으로 해야 하나요?
"저희 국제의료사업센터에서 2명의 직원이 황 센터장님 모시고 가게 되는데요, 여권만 주시면 저희가 같이 비자발급 수속을 밟겠습니다. 하지만 사우디대사관에서 하는 비자 인터뷰는 직접 가서 하셔야 합니다."

고석은 속으로 생각한다. 사우디로 그 NATO 대장이라는 별명의 황 센터장이 사업 추진을 위해 인솔해 가면, 혹시나 말만 많고 본질을 다루는 진전은 안 되는 게 아닌가 하고….

"인터뷰까지 하나요? 그럼 미리 일정을 비워 놓아야겠네요."

사우디는 보통 생각하는 외국입국과는 다른 것 같다. 관광 목적으로도 입국이 허용되지 않고 현지의 업무와 관련된 회사나 관공서의 초청이 있어야 비자가 가능하다. 이렇게 더운 서울보다 더 더운 나라를 여름철에 입국하게 되니, 고석은 약간 긴장하게 된다. 그나마 비자 수속을 하느라 한여름에서 몇 주 정도 살짝 지나간 시기에 리야드를 방문한다는 게 약간은 다행이라고 봐야 할 것 같았다. 신임 박 원장의 전격적 인사 조치로 고석은 그간 의중병원에서 해외의료사업 자문역을 맡게 되었고, 사우디에서의 병원 건립 사업에 직접적으로 관여할 수 있게 되었다. 최명진 대표로부터 현지 진행사항을 메일과 문자로 파악해 두었고, 3주 후에 사우디 아라비아의 수도인 리야드로 입국하여, 아라비아반도의 서쪽 해안도시인 젯다의 병원 건립 부지를 방문하기로 한 터다. 사우디가 산업의 구조를 탈석유 이후의 준비로 가면서 신도시 건설을 국가 어젠다의 하나로 정했고, 그중에서 특히 이슬람 성지인 메카 순례의 길목이고 홍해를 누비던 이른바 고대 아라비아 상인들 때부터 무역의 중심지가 되어온 젯다에 집중을 하면서 의중병원과 함께하는 병원 건립 사업도 젯다에 먼저 진행되게 된 것이다. 리야드에서 최 대표와 합류하여 회사에서 회의를 하고, 리야드 내의 종합병원들을 둘러본 후에 젯다의 건설 부지도 둘러볼 예정이다.

3주 후.

사우디에 내려 입국심사를 받자니 고석은 보통의 예상을 뛰어넘는 긴 줄에 놀랐다. 이슬람교에서도 원칙에 기본한 사회 분위기가 입국에서도 많은 시간이 소요되게 하는구나 싶었다. 오랜 입국심사를 마치고 공항 로비에 지친 컨디션으로 나와서 한숨을 돌리니, 흰 케피야와 깐두라를 입은 남자들과 검은 아바야를 입은 여자들 사이로 양복을 입은 두 한국인 남자가 반갑게 눈에 띈다. 최 대표와 수행 직원이 반갑게 공항로비에서 맞아주는 것이었다.

"어서들 오세요. 먼 길 오시느라 수고들 하셨습니다. 고 교수, 먼 여행에 괜찮으신가요?"

"밤늦게 공항까지 마중 나와 주셔서 고맙습니다. 밤이라 생각보다 덥지는 않네요. 비행기 타고 오는 것보다 오히려 입국 심사의 긴 줄이 심적으로는 더 길게 느껴졌어요."

최 대표가 미리 짐작한 듯 말했다.

"하하하, 그래도 공항시설을 넓히면서 많이 좋아진 거예요. 자 숙소로 갑시다."

리야드 시내에 들어오니, 밤임에도 도로는 몹시 붐볐다. 정확히 차선을 지키기보다는 요리조리 융통성 있게 서로 부딪히지도 않고 잘도 헤쳐 달리는 고급 외제차들, 그 상황을 유심히 보니 그들은 차선보다는 차와 차 사이의 공간을 일정하게 유지하면서 추월하거나 비켜서 달려가고 있는 법칙이 보였다. 고석은 럭셔리 슈퍼카도 이곳에서는 옛날 우리 소나 말이 끌던 달구지처럼 달리고 있는 것 같다는 느낌이 들었다.

그것은 좋고 나쁘고를 떠나 서로 다른 문화인 것이라고

느꼈다. 그 순간 우측에 아바야를 입고 있는 여인을 상징한 것처럼 보이는 휘황찬란하게 빛나는 거대한 빌딩이 차창을 스쳐갔는데, 그 구조물의 형태가 이 도시의 밤에서 너무나도 신선하고 새로워서, 고석은 드디어 리야드에 왔고, 이렇게 또 새로운 지평이 열리는가 하는 생각이 들어서 쥐고 있던 주먹에 불끈 힘이 들어감을 느꼈다.

 최 대표 일행과 서울서 온 네 사람은 이윽고 호텔에 도착했다. 회사에서 나온 과장이 체크인을 하는 사이에 최 대표가 의자를 권하면서 좀 쉬어라고 말한다.
 "숙소호텔인데, 로비에서 간단히 체크인한 후 짐을 풀어놓고, 사우디 아라비아 꿀차를 마십시다."
 "호텔이 참 럭셔리합니다. 감사합니다. 그런데 여기도 꿀이 인기인가요?"
 "아 그럼요. 사우디 꿀은 국외로 수출을 하지 않아서 한국사람들은 모르는데, 피로회복에 최고이고 그 풍미가 감칠맛이 느껴진답니다. 하하, 황 센터장님과 서울서 온 분들은 여기 호텔에서 주무시고, 고 교수은 오늘 저녁 저희 집에 가서 잡시다. 외국인 전용 빌라 콤플렉스입니다."

달콤하고, 향긋한 사우디 꿀을 물에 녹인 차를 마시니, 어느 것 하나라도 한국과는 많이 다른 곳에 와 있구나 생각하면서 최 대표의 차를 타고 댁으로 향했다.

승용차로 어둠이 내려앉은 야간 리야드 아스팔트를 20분쯤 달려서 외국인 빌라촌 정문에 다가서니 거대한 군부대에 들어가는 듯, 탱크도 못 뚫을 1m 두께의 시멘트 바리케이드, 그리고 개인 화기로 무장한 인원이 서넛 길목에 서 있다. 입구 측면에는 조그만 초소가 또한 보이는데, 초소 안으로부터 출입자들을 지켜보는 눈초리가 느껴졌다. 이러한 풍경을 보며 고석은 사우디가 치안은 안전한 나라로 생각했는데, 중동이라는 곳 자체가 항상 충격의 테러 위험이 있는 거구나, 반면에 한국은 참으로 안정된 사회구나 하는 생각을 했다. 아마 예맨 반군 등의 위험요소가 도사리는 듯했다.

차창 밖으로 손을 내밀어 최 대표가 그들과 악수하며 반가움을 표시하는 병력에게 여권을 맡긴다. 잠시 후 차는 빌라촌 안으로 미끄러져 들어갔다. 마침 기도 시간인 살라 타임이어서 확성기를 통해서 노래하는 듯, 스페인 플라멩코 음률 같기도 한 단음의 기도 소리가 온 동네에 퍼지고 있었다. 나른한 몸과 귀를 통해 고석은 괜스레 중동분쟁 영화의 한가운데 출연하는 환상에 젖는다.

그리고 새벽 3시 50분. 다시 살라타임 음악에 잠을 깬다. 한 가락으로 구슬프고 단호하게 퍼지는, 주황색 느낌의 음악이 의식을 깨웠고, 오랜 여행 끝에 첫잠에 들은 고석에게 새벽잠을 깨우니 짜증 날 법하기도 하건만 그와는 정반대로 오히려, 묘한 평온과 안정감이 스며드는 건 뭔가. 게다가 이 음악이 같은 시각에 거대한 사우디 아라비아 반도 전역에 동시에 울려 퍼진다는 사실을 생각해 보면 우리에게는 상상하기 힘든 사실이다.

통일된 믿음과 규칙이 있고, 술과 마약과 총기가 금지되어 있는 이 국가가 가진 잠재력이 굉장하다는 생각이 문득 들었다. 이곳에서 고석에게 달리 기다리는 미래의 운명은 또 무엇일까.

다음날.

"프로페서 고, 반갑습니다."

사우디의 국부펀드인 그 유명한 PIF라는 금융조직의 의장인 알 아흐디 박사가 반갑게 회사 로비에서 맞는다. 그는 1,000조 원을 움직이는 인물이다. 엘리베이터를 타고 5층 사무실로 오르니 복도에는 한국에서 건설한 신도시의 여러 아파트 사진들이 걸려 있다. 아마도 한국의 신도시 건립 방안을 이 나라에서 모델로 이식하겠다는 프로젝트를 방문객에게 한눈에 설명하려는 취지로 보였다. 인천 송도에서 바다를 메운 위에 신도시 아파트와 사무실, 호텔 빌딩, 공원, 호수가 들어서 있는 사진이 가장 크게 전시되어 있다. 복도를 지나 깔끔하게 정돈된 의장의 사무실 소파에 일행은 앉았다.

"프로페서 고, 대추야자를 좀 드시지요. 사우디에서는 여러 종류의 이 열매가 있는데, 각 농장마다 자부심이 높습니다. 손님에게 대추야자를 먼저 드시게 내놓는 것은 우리의 예절이지요."

고석이 대추 모양의 붉은색과 브라운색의 중간 빛을 지닌 작은 열매를 손으로 집어 먹어 보니 달콤한 젤리 같은 겉살 속에서 아삭한 씨앗이 땅콩처럼 입안에 부서진다.

동행한 최 대표가 설명하기를,

"대추야자는 사우디에서 찾아온 손님에게 항상 먼저 권하는 기호식이에요. 명망 있는 집안에서는 대추야자를 재배하는 농장을 가지고 있기도 하는데, 그 품질에 자존심을 걸기도 한답니다."

고석에게 대추야자를 권한 후 같이 먹으며, 일 아흐디 의장이 말한다.

"우리는 고 교수가 한국에서 연구한 줄기세포 연구를 관심 있게 보고 있고, 교수님의 연구가 지속되기를 바랍니다. 이 나라에도 많은 만성병들이 있고, 교통사고로 인한 척수손상, 뇌손상이 많습니다. 그 질병들에 대한 치료법으로 줄기세포를 주목하고 있습니다. 또 한국의 최고병원인 의중병원의 의료체계가 이 사우디에 빨리 접목되어서 우리의 의료 발전에 이바지할 수 있었으면 좋겠습니다.

우리는 왕립 소유지가 아라비아 반도 전역에 많이 있고, 그 토지를 이용하여 신도시, 오피스텔, 병원 등을 건설하며, 이들을 연결하는 교통망을 깔아서 탈석유 산업화의 길로 가려고 하고 있습니다. 사우디 반도는 내륙 중심에 수도인 리야드가 있고 서쪽으로는 홍해 해변에 최대 상업도시인 젯다, 그리고 동쪽 끝에 페르시아만을 접한 담맘항이 있는데 이들 경제 중심지를 가로로 연결하는 반도 횡단열차를 건설한다면 큰 인프라가 완성되겠지요. 미래를 선점하는 원대한 청사진의 첫 단계입니다. 그리고 이 모든 건설은 한국에서 우리를 도와주러 오신 최명진 대표가 알아서 해주실 겁니다. 하하."

"저의 연구와 저희 의중병원을 높이 평가해 주셔서 영광입니다. 우리는 같은 미래를 바라보고 있는 것 같습니다."

PIF 의장과의 면담을 끝낸 후 고석과 국제의료사업센터에서 온 일행은 사우디의 미래를 구상하는 거인과의 짧은 만남을 뒤로하고 젯다를 향한 비행기에 올라탔다.

인간은 한 시간에 4km밖에 못 걷고 1m도 못 뛰어오르지만 인간의 꿈은 수백m 높은 건물을 짓고 10시간씩 하늘을 나는 비행기를 만든다. 열사의 나라에서 그 하늘을 날고 있으면서 성취감과 우연성에 고석은 이런저런 상념에 사로잡혀 가벼운 단잠에 빠졌는데, 어느새 젯다공항에 착륙하는 순간 비행기 진동이 몸을 자극하는 바람에 눈을 뜨게 되었다.

비행기 바퀴에서부터 동체와 좌석을 타고 올라온 그 진동들이 고석에게는 마치 앞으로 이곳에서 병원을 건설하는 물리적으로 거친 과정을 귀띔하는 예고편으로 느껴졌다. 그리고 현대 선진국가 사회를 무너뜨리고 있는 마약, 술, 총기가 이곳에서는 완벽히 통제되어 있고, 오일머니로 무장된 견고한 리더십의 종교 근본주의 사회인 이곳이 앞으로 어떻게 세계의 발전에 한몫할지도 고석은 궁금해졌다. 그리고 그 운명에 우리도 동행하고 있는 것 아닌가.

젯다는 아라비아 반도의 서쪽 해안에 위치해 있고, 고대 아라비아 상인들이 유럽, 북아프리카 해상무역을 열심

히 하여 일찍이 역사적으로 명성을 얻게 된 전초기지이다. 오래된 전통 마을이 있고, 북쪽으로는 현대의 비즈니스 타운이 형성되어 있다. 높이 1km의 고층 오피스빌딩이 건설 중일 정도로 사우디에서 그 산업적 위치가 확실한 곳이다. 미국으로 비유하면 뉴욕이라고 할 수 있다.

또한 해안풍의 영향으로 내륙의 중심에 있는 수도 리야드에 비해 기온은 가혹하지 않고 성지인 메카나 메디나로 순례할 순례객이 사우디에 입국하여, 성지여행을 출발하는 시작점이기도 하다. 의중병원에서 온 센터팀과 사우디 건설팀 일행은 병원을 건설할 젯다의 부지에 도착했다. 건설팀의 실무자가 부지에 대해 설명한다.

"이곳은 왕립지로 크기는 7만㎡입니다. 500병상 병원 부지로서는 적당하다고 예상하고 있고, 보시다시피 이곳의 지형은 전체적으로 바다에서 안으로 휘어들어온 만의 언저리에 있으며, 파도는 거의 없습니다. 특히 조그만 라군을 앞에 끼고 있는 터라 치료뿐만 아니라, 요양을 하기에도 천혜의 위치라고 회사에서는 보고 있습니다."

"우와 정말 멋지네요, 기온만 시원하다면…. 더욱이 밤에는 계절에 관계없이 시원한 바람이 불 테니, 병원이 들어서기에 안성맞춤인 것 같습니다."

센터 일행 중에 황 센터장이 감탄한 듯 소감을 피력한다.

브리핑은 이어졌다.

"이 아담한 만 위에 보트도 띄우고, 물을 위에서 뿌려서 수막을 만들어 레이저 애니메이션 쇼를 할 수도 있습니다. 쇼의 내용은 중세 아라비아 상인들의 여행담을 애니메이션으로 보여주는 것일 수도 있고요, 성지순례와 관한 것을 만들어볼 수 있습니다."

브리핑이 끝나고 서울서 온 국제의료사업센터 직원과 사우디 관계자들도 끄덕이며 박수를 쳤다.

낮 시간이라 사우디의 햇빛이 내려 쬐고, 시퍼런 홍해 바다가 눈앞에 있는데, 이곳에서 프로젝트가 일사천리 진행되어 수년 후에 번듯한 병원이 건설된다면 K의료와 재생의료가 합쳐져 전인미답의 성취를 이룰 수도 있겠다는 생각에 고석이 한마디 덧붙였다.

"동양에는 '뽕나무 밭이 변하여 푸른 바다가 되었다'라는 속담이 있습니다. 이 왕립지도 우리와 힘을 합쳐 몰라볼 정도로 바뀌길 기원합니다. 하하."

16
스마트 스템셀로 갑시다

 "우리가 갈 수 있는 길은 이제 판명이 났습니다. 우리가 지난 7년간에 걸쳐 수행해 왔던 연구들인 동물연구를 위시하여, 1상 연구에 해당하는 파일럿 스터디와 3상 연구를 종합해 보면 1상에서는 순수 자가골수유래 줄기세포를 3회 주입하였고, 3상에서는 식약처 권고에 따라 단회 주입만 했습니다. 1상에서는 10명 중 3명의 상지 힘이 좋아졌고, 3상에서는 12명 중에 2명만 손의 힘이 약간 좋아졌습니다. 이러한 결과를 바탕으로 의학적 유추를 해보면, 3가지를 확인할 수 있습니다. 첫째 순수줄기세포는 안전하다는 것, 둘째 순수줄기세포는 분명 그 효과가 있지만 미약하다는 것을 알 수 있고, 마지막으로 순수줄기세포를 여러 번 주입할수록 효과가 커지는 것을 알 수 있습니다. 그래서 이러한 안전한 순수줄기세포를 좀 더 똑똑한, 힘이 좋은 줄기세포로 개량하는 방법을 새로운 전략으로 삼아야 하겠습니다."

고석은 그간 진행해 오던 방식인 국가 연구비 지원 방식으로는 이제 연구를 지속하기에 한계가 있음을 깨닫고 민간 자본을 유치해서라도, 연구를 진행하여야겠다고 마음먹었다. 그러기 위해서는 우선 독자적인 회사 설립이 필요할 것이고, 오늘은 민간의 투자가들을 여러 명 초대하여, 병원 회의실에서 줄기세포 사업설명회를 하고 있는 중이다.

"줄기세포를 개량하는 방법이라니요? 좀 더 들을 수 있습니까?"

바이오 투자에 일가견이 있고, 신약 개발 스타트업을 수차례 상장을 시켜, 투자업계에서 미다스의 손이라고 알려진 승일투자의 이수택 대표가 검은 뿔테 안경을 만지며 질문한다. 그 뒷자리에는 바이오기술의 동향을 꿰뚫고 있으면서, 사실상 투자 여부를 판단하는 검증 권위자인 권영철 부회장이 같이 조용히 앉아 있다.

이 두 사람이 같이 의중병원의 고 교수를 만나서 지금까지의 임상연구 결과를 들으러 왔다는 것은 이미 그의 논문 검색과 고석의 주변 공동 연구자들에 대한 탐색을 마쳤다는 의미이다. 항간의 풍문으로는 이 회장의 개인 재산이 2조 원 정도라고 한다. 엔젤 투자가들 사이에서는 이 회장이 투자하기로 결심한 벤처회사는 그 장래성을 검증받은 것이나 다름없어서, 덩달아 투자하려고 줄을 서게 되는 정도라는 소문이 있다.

"우리가 임상연구에 사용하였던 동일한 종류의 순수 줄기세포에 새로이 신경영양물질을 분비하는 유전자를 이식하는 겁니다. 이러한 실험실 프로세스는 유전자 조작이라는 용어로 일반적으로 알려져 있는데, 우리는 좀 더 긍정적 의미를 나타내기 위해 유전자 증강 줄기세포로 부르고

싶습니다. 특히 우리가 앞으로 만들 유전자 증강 줄기세포는 특히 스마트 줄기세포라는 명칭으로 부를 예정입니다."

"흠~ 그 참 흥미로운 얘기이네요. 구체적인 자료가 더 있습니까?"

"물론입니다. 저희 교실에서는 파일럿 스터디가 종료될 즈음에 이미 유전자 증강을 연구해 왔습니다. 증강시키고자 하는 후보유전자는 '윈트' 유전자였고요, 초기에는 실험동물인 쥐에서 추출한 윈트 유전자로 줄기세포를 증강하였고, 이렇게 만들어진 세포가 척수 회복에 효과가 좋다는 것을 확인하였습니다. 이후에 사람의 윈트 유전자를 추출, 증폭하여 줄기세포에 넣었습니다. 그리고 척수손상 쥐 모델에 이식하여 관찰하였고요."

"오호, 결과는요?"

이수택 대표가 뿔테 안경 너머로 눈을 크게 뜨는 게 보였다. 이에 고석이 능숙하게 다음 단계로 넘어간다.

"주 박사, 동영상을 보여주게나."

주 박사가 재빨리 일어나 회의실 스크린에 파워포인트로 동영상을 켜고 화면을 설명한다.

"네. 화면에서 왼쪽부터 보시면 척수손상을 입힌 후에

아무 치료를 하지 않은 쥐와 순수줄기세포만 이식한 쥐, 윈트 유전자 증강 줄기세포를 이식받은 쥐의 순서로 보시면 되겠습니다."

화면에는 동물실험용 소형 트레드밀이 돌아가고 있고 그 위에서 세 마리의 쥐들이 열심히 미끄러지지 않으려고 앞으로 나아가고 있는데, 척수손상을 입힌 상태여서 앞다리는 세 마리 모두 힘차게 움직이고 있지만, 뒷다리는 마비의 정도에 따라 움직이는 상태가 다름을 알 수 있었다. 제일 오른쪽 쥐가 확연히 뒷다리를 힘차게 움직이면서 트레드밀의 바닥에서 앞으로 기어 나가고 있는 것이 보였다.

고석이 고개 돌려 회의실 내 청중을 바라보니, 실내등을 낮춰 어두컴컴한 회의실이었지만 앉아 있던 투자자들이 트레드밀 위에서 서로 다른 속도로 바둥대는 세 마리 쥐라는 의외의 동영상에 고무되어 앞으로 몸을 당겨서 화면을 확인하는 것이 보였고, 이수택 대표는 검은 테 안경을 자신의 넥타이로 닦으며 다시 화면을 확인하고 있었다. 권영철 부회장은 어둠 속에서 뭔가 메모를 하는 게 보였다. 아마 프레젠테이션이 마치면 질문할 사항을 적는 것이리라.

이윽고 동영상이 끝나고, 회의실 등을 켰다. 이 대표가 가장 먼저 운을 뗀다.

"그럼 이제 척추를 다쳐 마비된 환자의 치료가 눈앞에 와 있는 것인가요?"

"그랬으면 좋겠습니다. 그렇지만 이 실험은 어디까지나 동물실험입니다. 가능성이 매우 높은 것을 보여주는 것이지, 실제 환자들에서 같은 결과가 나타날지 확신은 못합니다. 현 단계에서는 최소한 안전성과 유효성은 확보된 것으로 봅니다. 실제 환자에서의 효과는 검증이 필요하고, 그것도 많은 변수를 검증해야 합니다. 얼마만큼의 세포 수가 필요한 것인지, 척수를 다친 후 언제 이식하는 것이 중요한지, 몇 번을 반복 주입해야 하는지 등 우리가 모르는 것이 너무 많습니다. 하지만 마비를 치료할 수 있는 '성배'를 구할 수 있다는 가능성을 보았습니다."

그동안 뒤편에 조용히 앉아 있던 권 부회장이 갑자기 질문을 한다. 그는 이수택 대표와는 달리, 단도직입적이고 확신에 찬 어조로 질문을 던진다.

"영장류는 다른 척추동물과 달리 중추신경계 재생이 거의 되지 않는다고 하던데요. 쥐와 같은 설치류에서 좋은 반응이 보인다고 꼭 성공이라고는 보기 어렵겠지요? 아직 많이 진전돼야 하는 거겠지요?"

검증을 해야 하는 입장에서는 성공 가능성을 예측하기 위해 즐겨 쓰는 방법론이 가능성보다는 불가능성을 최대화한 후에 판단하는 것이다. 바로 지금 권 부회장이 던진 칼이다. 하지만 고석은 미리 예상한 질문이다.

"아주 좋은 코멘트이십니다. 다른 동물과는 달리 영장류는 중추신경계 재생이 잘 안 됩니다. 아마도 신이 인간의 중추신경계가 함부로 재생되면, 큰 혼돈이 발생할 것을 염려했나 봅니다. 우리 뇌가 다친 후에 재생이 쉽게 일어난다면 천재가 후천적으로 바보가 되고, 쉽게 정신병이 발생되는 등의 무질서가 생겨 인간사회는 안정적이지 못하겠지요. 중추신경계는 이를 방지하고 싶어 하는 신에 의해 설계되었거나, 진화되어 온 것 같습니다.

하지만 인간도 신경계에서 말초신경은 재생이 됩니다. 예를 들면, 팔에서 신경이 끊어져도 접합수술만 잘하면 그 신경이 하루 1mm씩 자라서 손을 움직일 수 있게 됩니다.

그래서 자 한번 이렇게 생각해 봅시다. 그러면 지구상 전체 동물의 신경에서 중추와 말초가 재생이 되고 인간의 말초신경도 재생이 되는데, 유독 인간의 중추신경계만 재생이 안 된다는 현상을 어떻게 해석할 수 있을까요? 저는 본질적으로 인간의 중추신경이 재생 불가능한 것이 아니라, 신이 인간의 중추신경계에만 재생현상을 막는 자물쇠를 채워 놓았다고 보고 있습니다. 신이 채워 놓은 자물쇠를 인간이 열쇠를 만들어 풀면 될 것이라고 봅니다."

"오호 참 재밌는 설명이십니다. 신의 자물쇠와 인간의 열쇠라…. 한번 기대해 보겠습니다."

이수택 회장이 미소를 보인다.

회의가 끝나고, 다들 일어서려 하는데, 권 부회장이 다시 질문을 한다.

"고 교수님은 환자 보시랴, 수술하시랴, 유전자 이식은 또 언제 하십니까?"

고석은 승일의 투자가 직전에 와 있다는 느낌을 받았다. 그리고 크게 심호흡을 하고 미소를 띠며 답한다.

"하하 네, 궁금하실 수 있겠습니다. 사실 저는 임상가이고, 특히 수술을 하는 외과의사입니다. 생화학, 분자생물학 영역의 공부를 해본 적이 없습니다. 여기 있는 주 박사도 유전자 전공은 아니고요. 그래서 우리는 팀 작업을 하고 있습니다. 우리 의중병원의 모 대학인 동산의대의 생화학교실에서 김웅산 교수가 유전자 이식 분야에서 협업을 하고 있습니다."

"김웅산 교수면 줄기세포로 하버드에서 공부하고 온 분 아니에요? 환상의 팀을 갖고 계시군요."

고석은 이날 특히나 이수택 회장보다도 권 부회장의 반응이 좋았던 사업설명회라고 생각했다. 조만간 적절한 투자를 받을 수 있는 길이 열리고, 이 분야의 연구가 멈추지 않고 궤도에 오르기를 갈망하였다.

다음날.

"교수님, 만성 척수손상 환자가 국내에 얼마나 될까요?"

정운현 선생이 회진 중에 뜬금없이 질문한다.

"글쎄, 통계가 조금씩 다른데, 척수손상 전체를 보면,

전 세계적으로는 200만 명 정도로 보고 있고, 우리나라에서 척수손상 장애인은 6만 명 정도로 등록되어 있을 거야. 왜 묻나?"

"옙, 혹시 줄기세포 치료제가 개발된다면, 얼마나 많은 환자분들이 대상이 될지 궁금해서요."

"이 친구야, 시장성을 염려하는 모양이군. 척수손상에 대한 줄기세포 치료제는 그 방면에만 국한되는 것이 아니지."

"네? 무슨 말씀이신지…."

"가장 재생이 어렵다고 볼 수 있는 척수 부분에서 치료효과를 발휘하면, 그와 흡사한 병리상태이면서, 뇌에서 일어나는, vegetative status(식물인간)의 치료에 바로 쓸 수가 있는 거야."

"아, 진짜 그럴 수 있겠습니다. 대단할 것 같습니다."

"그리고 뇌를 치료영역으로 보기 시작한다면 줄기세포 치료제의 역할은 무궁무진하게 되지. 파킨슨병, 알츠하이머병, 무엇보다도 인간의 노화는 뇌에서 시작하니 줄기세포가 발전하면 영생불사에 도전하게 되는 거지. 그러니 정 선생은 줄기세포 치료제가 개발된 이후에 수요가 얼마나 될지를 걱정할 염려는 하지 말게나. 하하."

"넵. 열심히 하겠습니다."

정 선생이 몹시 상기한 얼굴로 대답한다.

고석은 생각해 본다. 과학의 도구를 가지고, 무언가를 새로 개발해 낸다는 것은 아이디어와 사명감, 집념만으로는 안 된다는 것을 지금껏 7년간 뼈저리게 겪지 않았나. 돈과 인력이 뒷받침되어야 하는데, 어제의 사업설명회가 과연 미래로 그들을 끌어가 줄지 모를 일이라고 중얼거린다.

17

창립

"이 자리에 우리 '진엔진'의 창업의 순간을 함께하기 위해 와 주신 내외빈 여러분들께 감사드립니다."

오늘은 회사 창립을 하게 되는 뜻깊은 날이다. 줄기세포에 대한 연구를 지속하기 위해 고석은 결국 연구비 투자 유치가 가능한 창업을 결정하였고, 회사 창업식에서 일어나 말한다. 창업식은 물론 조촐하다.

신경외과 사무실 앞 회의실에서, 임상연구를 같이 할 정운현 선생과 연구실 주 박사, 그리고 생화학 교실의 김웅산 교수와 그의 교실 연구원들이 모였다. 케이셀의 윤상아 대표, 승일투자의 이수택 회장, 권영철 부회장도 바쁜 시간을 내서 와 주었다. 케이크나 화환은 없지만 연구, 투자,

협업에 필요한 인력은 다 모였기에 고석은 든든하였다. 그 뒤로 신경외과 전공의들, 병동에서 간호사들이 소문을 듣고 축하해 주러 와서 30명 정도 크기의 회의실이 북적거려 보였다. 과장인 비아그라 그리고 살리에르, 아티팍트 교수들은 보이지 않았고 구도식 교수는 수술 중이라 못 온다고 일찌감치 알려 왔다.

"200년 전에 산업혁명이 영국에서 시작되는 순간부터, 자연의 에너지만 사용하던 인류가 이때부터 내연기관이라는 인공에너지를 최초로 이용하게 됩니다. 이후 자연의 힘이 아닌 인간이 창출하는 에너지로 기계를 움직여 큰 산업 발전을 이뤘는데, 21세기에는 이제 이곳에서 또 다른 생물혁명이 일어날 것입니다. 세포는 내연기관이 되고, 유전자와 단백질은 석탄과 증기가 되어 인류를 밀어갈 것입니다. 우리는 더욱 진화할 문턱에 와 있는데, 생체 자체를 큰 동력으로 만들어 우주 멀리, 바닷속 깊이, 그리고 더 오래 살 수 있게 진화할 것입니다. 회사 진엔진은 그 중심에서 역할을 할 것이고, 새로운 좌표를 설정해 나갈 것입니다. 우리 모두 미래를 보며 함께 나아갑시다. 아울러 설립에 많은 도움을 주신 윤상아 대표님, 이수택 회장님께 다시 한

번 감사를 드립니다."

맨 앞줄에 앉아 있던 두 사람, 윤상아 대표와 이수택 회장이 호명을 받고 자리에서 일어나 뒤로 돌아서서 인사를 한다. 또 큰 박수들이 울려 퍼졌다. 웃고 있는 두 사람에서 그 순간 찰라이지만 윤상아의 눈가에 반짝이는 물기가 비쳤다. 고석만큼이나 여러 고비를 넘기며 같이 달려온 윤 대표가 만감이 스치는 모양이라고 느끼며, 고석은 연설을 이어간다.

"모든 이들이 IT, AI, 로봇으로 갈 때, 우리 회사는, 우리 과학자들은 인간에 집중할 것입니다. 줄기세포를 플랫폼으로, 인간의 신경영양 유전자를 내연기관으로, 또 그 유전자가 생산하는 단백질을 증기기관이 내뿜는 증기로 삼아 인간을 더 우월하게, 스마트하게, 노화되지 않게 만드는 개발엔진으로 발전해 나갈 것입니다. 우리 진엔진이 그 일을 선도할 것입니다."

회의실에서 즐거운 웃음과 우레와 같은 박수로 창립 인사가 끝났다.

"고 교수님, 축하드립니다."

기념식이 끝나고 이수택 회장이 제일 먼저 악수를 건네왔다. 의외로 윤상아 대표는 그간 지나온 순간들이 주마등처럼 스쳐가는지 미소만 머금을 뿐 한동안 말이 없었다. 그녀는 줄기세포로 사업을 시작했지만 현재 회사의 주력 상품은 핵산원료 물질이다. 그녀 회사의 생산물질은 바이러스 백신, 분자생물학적 진단이 왕성해진 지금, 분자의학에서 전자산업의 반도체 같은 존재가 되었고, 케이셀은 세계 주요 바이오기업이 되었다. 최근에는 인공혈액이 필요한 미국 국방성에서도 러브콜이 오고 있는 유망 사업가가 되어 있다.

사업에 바빠서인지 윤 대표는 가끔 고석 앞에서 본인은 비즈니스와 결혼했다고 하기도 한다. 그녀의 말에 따르면 줄기세포는 궁극의 치료제이긴 하지만 대량생산에는 그만큼 변수가 많고 유전자 증강까지 도입하려면 아직 난관이 많아서 도전이 쉽지 않다고 늘 말해 왔던 터인데, 그만큼 이 진엔진의 미래에 기대 반 걱정 반 양가감정이 클

지도 모른다.

 창업식에 이어서 다음날, 진엔진 회사 설명회가 현장에서 진행되었다.

 성남시에 위치한 건물을 임대한 회사는 빌딩형 공장에서 2개 층을 사용하고 있다. 연구실, 사무실, 회의실이 있는 층에 이어서 무균 밀폐 과정을 거쳐서 출입할 수 있는 세포공정실들이 있고, 다른 층에는 저장실이 있다. 겉으로 보기에는 사무실처럼 깨끗하고, 밖에서 유리창을 통해서만 볼 수 있는 폐쇄된 대학 실험실처럼 보이지만 이곳에서 역사를 바꾸는 발전이 진전되고 있다는 자부심에 20여 명 직원들은 얼굴에 자신감이 넘치는 듯했다.

 "주 박사, 내외빈들을 모시고 공장 내부 소개를 해드리게."

 그는 연구소장으로 임명받았다. 15년간의 박봉과 열악한 처우를 묵묵히 견디고 이 자리까지 고석과 같이 온 것이다. 여전히 월급은 적지만 IPO 시에 받을 수 있는 일정 수의 스톡옵션을 배정받았다.
 "예, 알겠습니다. 교수님!"
 그는 아직 고석을 회사 내에서도 교수님이라고 부른다.
 "회사에서는 대표님이라니까, 하하하."
 "예, 대표님, 하하하."

 다음날 늦은 점심쯤, 고석은 오랜만에 병원으로 출근했다. 그동안 2주간 휴가를 내고 회사 설립에 이리저리, 기념식까지 마친 후라 다시 돌아온 55병동 복도가 정답다.
 병실 복도의 공기는 특이하다. 외기에 관계없이 온도는 늘 일정한데, 따스하고 다소 무거우면서도 차분하다. 그러나 언제 터질지 모르는 긴장감이 스며 있고, 한방에 많은 환자가 사용하는 6인실 옆을 지나갈 때면 식사 음식 냄새나 간혹 환자의 배변 냄새가 진동하는 경우도 있다. 이 모든 현상이 고석에게는 자연스럽고, 병마와 싸우는 삶의 현장이니 이곳의 사람들은 아랑곳하지 않는다. 나아서 퇴원하는 것이 가장 중요한 것이리라. 그는 각오를 새롭게 다

지려고 사무실로 곧장 가지 않고, 일부러 병동을 거쳐 교수 사무실 동으로 걸어갔다.

"인간이 인지할 수 있는 속도는 0.3초야. 그런데 검도의 고수는 대련 시에 0.4초에 2대를 상대에게 때리니, 실제로는 서로 인지할 수 없는 빠르기로 칼을 교환하는 것이지. 비슷한 실력의 무사가 만나면 어느 누구도 완벽히 이기지는 못해. 서로 상흔을 입게 되지. 그러면 누가 이길까? 그 승패는 바로 정신력이 결정하지. 상대가 나의 살을 벨 때 나는 상대의 근육을 베고, 상대가 나의 근육을 베면 나는 상대의 뼈를 자른다. 이 정신을 가진 사람이 상대를 죽이고 이기는 거야."

오랜만에 마 교수의 점심시간 '신경외학 강의' 소리가 전공의 회의실 문 밖으로 들린다.

고석이 반쯤 열린 문을 열고 인사했다.

"하하, 재밌는 얘기들 하고 계시네요."

"오… 고 교수, 요즘 잘 나가시더라고요. 창업 소식은 신문에서 봤어요. 축하드립니다."

"아 예, 교수님. 덕분에 시작은 했습니다. 잘 부탁드립니다."

"아 우리야 뭐 할 게 있나요. 세상의 모든 게 다 그렇듯이 회사도 성장통을 겪으면서 커겠지요. 빨리 가야 한다는 생각보다는 멀리, 오래간다는 생각으로 가시면 돼요. 카카카."

"예 교수님 역시 의료역사 전공이시라 미래를 요약해 주시는군요. 성장통 잘 견디겠습니다. 하하하, 근데 교수님, 검도에 관해서 해박하시네요, 좀 해보신 것 같은데요?"

"아하, 검도야 고 교수가 해보지 않으셨나요. 학생 때 수업 끝나면 도서관엔 가방만 놔두고, 체육관에 검도 타격대 앞에서 매일 사셨다는 전설이 있던데…."

"아 그때 말이죠, 학생 때 미리 큰 칼을 가지고 연습했으니, 지금 외과의사가 되었나 봅니다. 하하."

" 아 그럴 수도 있겠어, 카카. 기본이 잘 되셨구만!"

18
문명의 태동지

아랍 에미리트를 거쳐 한밤중에 도착한 파키스탄의 북서부 페샤와르는 현관인 페샤와르 국제공항이 최근에 건설되어서, 작지만 깔끔하다는 생각이 들었다.

이 나라는 인구가 2억 2,000만 명이 넘고 군사력은 세계 9위인, 어찌 보면 부국은 아니지만 대국인 나라다. 이민국 검사를 거치면서 느꼈지만 파키스탄 사람의 외모는 역사적으로 하나의 나라였던 인도와 그 생김새가 흡사하다. 다만 종교가 이슬람이라는 것 외에는 종교의 영향 때문인지 사람들이 우선 점잖다는 인상을 주는데, 파키스탄은 아직도 한국인이 많이 교류하는 나라는 아니다. 특히 이 북부 페샤와르는 한국인 방문이 흔치 않은 곳이라 지나가는 우리를 쳐다보기도 하고, 아이들은 눈길만 마주치면 수줍어 도망가기도 한다. 하지만 그 속뜻은 모두 우리를 반기는 모습이다.

이 국제공항 덕에 중동에서 페샤와르로 직행할 수가 있어서, 수도인 이슬라마바드를 거치지 않았고 서울에서 오기까지 두 시간 정도 절약이 되었다.

이곳에서 북서병원(Northwest Hospital) 이사장이자 신경외과 의사인 타릭 칸 교수를 만나기로 한 것은 고석의 줄기세포에 대해 세미나를 갖고 향후 협업할 수 있는가 하는 점을 탐색하기 위함이다.

칸 교수는 병원을 설립하면서 의대도 같이 세워서 본인이 총장을 맡고 있다. 또한 그는 세계신경손상학회의 회장인 연고로 국제학회에서 뇌와 척수 손상의 재생치료에 대해 고석과 서로 의견을 많이 나누었던 터이다.

아프가니스탄과 국경을 맞대고 있는 파키스탄에서 이곳 페샤와르는 아프간과 가장 인접한 접경지역인데, 한국으로 따지면 북한과 접경을 한 문산 정도에 해당한다. 아프가니스탄 수도인 카불과 이곳 페샤와르를 연결하는 길고 험난하게 산중턱을 달리는 오래된 유명한 도로가 '카이버패스'이다.

  이 도로는 고대로부터 동서양을 연결하는 통로였고, 알렉산더 대왕도 바로 이 카이버패스를 거쳐 페샤와르에 도착한 후에 인도로 내달릴 수 있었던 동서양의 길목인데, 그만큼 페샤와르는 분쟁의 한복판이다. 아프간의 탈레반들이 파키스탄으로 도주하여 은신하는 곳도 이 페샤와르 지방이니, 호텔 밖은 절대 혼자 나가면 안 되고, 호텔의 입구는 거대한 바리케이드로 요새화되어 있다. 경비원들이 무장을 갖추고 검색하여, 쉽게 혼자서 거리로 나가고 싶은 생각도 들지 않는 곳이다.

  세계신경손상학회에서 칸 총장이 파키스탄의 대량 사망의 원인이 주로 폭탄테러라는 강의를 한 적이 있어서, 수개월 전에 그가 본인의 북서병원으로 고석을 초청하겠다고 할 때 고석이 그 사실을 기억하여 폭탄테러로 위험하지 않겠느냐고 물어봤다. 요즘은 그래도 많이 줄어들어서 괜찮다고 하는 바람에 아연실색하며, 서로 웃음을 터뜨린 적이 있다.

"하이 프레지던트 칸, 롱타임 노씨. 하와유?"

"나이스 투 미츄 어게인, 프로페서 코. 하우 워즈 유어 트립?"

반갑게 서로 인사를 나누면서 늦은 시간에 로비에서 회포를 푼다.

공항에서 병원 직원이 픽업 승용차로 데려다준 호텔은 페샤와르에서 가장 고급 호텔인 '펄 인터컨티넨탈 호텔'인데, 이곳도 폭탄테러로 수년 전에 건물의 반이 무너지고 많은 사상자가 발생했었다. 당시 뉴스에 널리 보도된 적이 있는 곳인데, 지금은 재건축하여 매우 깔끔하였다.

고석은 호텔 정문에 들어서면서 보니, 입구가 콘크리트 바리케이드로 단단히 설치되어 폭탄차량으로 돌진할 수는 없게 되어 있는데, 미사일 공격을 받는다면 아직 문제가 될 것 같다고 느꼈다.

'인샬라….' 속으로 고석이 되뇌는 말이다.

"입구에 무장경비원들이 바리케이드를 치고 검사하던데, 요즘 이곳 안전은 좀 어때요?"

항상 마음에 걸리는 게 칸 총장이 2년 전 세미나에서 자기 동네는 대량 인명사고가 일어나는 원인이 주로 폭탄테러라고 한 말이 생각났기에 고석이 가장 먼저 그 점을 물어보았다. 일전에도 물었던 질문이었다.

"요즘은 폭탄테러가 그래도 좀 줄어서 그런대로 괜찮아요. 하하."

역시 일전에 학회장에서 들었던 대답이다.

"네? 하하, 그거 참…. 어쨌든 즐거운 스테이가 되리라 확신해요, 칸 총장님. 그리고 초청해 주셔서 감사합니다."

"자 이제 스마트 줄기세포 얘기 들려줘요. 고 교수, 우리가 파키스탄에 치료법으로 도입할 수 있을까요?"

"우리가 이름 붙인 스마트 줄기세포는 유전자 증강 줄기세포입니다. 우리의 동물모델 연구에 의하면, 순수한 줄기세포에 비해 1.5배 효과가 있는 것으로 나타났습니다. 지금까지의 동물연구, 임상연구를 순수줄기세포로 해왔던 결과를 바탕으로 단순 계산하자면 2개 관절에서 의미 있는 근력 개선이 스마트 줄기세포를 적용한다면, 3개 관절에서 일어날 수 있다. 혹은 좌우 양쪽에서 한 개 반 정도의 관절 힘이 좋아질 수 있다는 뜻입니다. 물론 가장 낙관적인 이론상의 추정입니다."

"앞으로 더 발전할까요?"

"그 문제에 관해서는 아직 미지의 영역이지만 저희는 확신합니다. 연구에 의하면 한 종류의 줄기세포에 같은 유전자를 더 증강시키는 것은 도움이 되지 않고 다른 종류의 유전자를 추가하는 것이 효과를 높이기에 좋습니다. 또한 그럴 경우에 유전자를 주입당하는 모체가 되는 줄기세포가 과연 견딜 수 있을까, 즉 유전자 하중을 얼마나 견딜 수 있을까 하는 점은 아직 정확히 모르지만 줄기세포의 크기가 50마이크로미터이고, 유전자는 10-20나노미터이고, 유전자를 업고 세포 속으로 전달해 들어가는 바이러스의 크기는 10-100나노미터이니, 세포 내에서의 물리적 공간은 충분합니다. 또 줄기세포는 매우 관대하니까 들어오는 친구들을 잘 받아줄 겁니다. 하하하."

"하하, 재밌군요. 이왕이면 고 교수의 스마트 줄기세포의 넥스트 버전이라 할 만한 그 다중 유전자 세포는 우리 페샤와르에서 개발까지 동참하고 싶은데요."

"좋은 제안이십니다. 언제나 우리는 여기 파키스탄과 함께 가고 싶습니다. 빨리 가기보단 멀리 가야 하니까요,

함께 가시죠, 칸 총장님."

칸 교수와 고석을 비롯한 서울 일행은 다음날 노스웨스트병원에서 고석의 강의를 마친 후 원내를 둘러보고, 페샤와르와 아프가니스탄을 이어주는 척박하고 험준한 산악 속의 동서양 연결로 '카이버패스'를 여행할 예정이다.

다음날.

전체가 밝은 갈색으로 색칠한 콘크리트 시멘트 외형을 지닌 노스웨스트병원과 의대는 의대 내에 간호학과가 같이 있어서 한 학년에 200명 정도가 재학 중인 꽤 큰 단과대학이다. 오전에 한 시간 정도 척추 외상에 대한 강의를 마치고 나오니 어린 남녀 학생들이 삼삼오오 곁에 와서 쭈뼛거리는데, 가만히 보니 같이 기념사진 촬영을 원하는 눈치다.

"하하, 한류의 수혜를 여기서 보네. 이리 와 같이 찍어요."

어린 학생들은 발랄하고, 긍정적이다. 나도 20년 전에는 저랬겠지. 국제적 압박 하에서도 핵무기 개발을 독자적으로 한 이 나라는 천재가 많다. 이들 중에도 첨단의학을 꽃피우는 천재가 한두 명은 나오겠지. 고석은 오늘 나의 강의를 듣고 미래의 척추외과 천재가 영감을 받았길 바란다 생각했다.

카이버패스는 고대부터 산악지대로 이루어진 중앙아시아와 동아시아를 연결하는 유라시아 땅의 관통로이다. 알렉산더 대왕도 이 루트를 따라 인도로 진군하였다. 지금도 아프간의 카불에서 환자들이 치료를 받으러, 혹은 물류 유통을 위해 수많은 차량과 사람들이 페샤와르로 이동하는 중요한 목줄이다.

2001년 말에 미군이 아프가니스탄의 탈레반 정부를 무너뜨리고 카불을 수복할 때 서방기자들이 취재를 위해 카불로 들어간 루트도 카이버패스이다. 그러나 험한 지형과 혹독한 기후로 사고가 잦고, 파키스탄의 국경수비대가 중무장을 하고 경계해 긴장이 팽팽한 국경지대이다.

일반 관광객이라면 안전 문제와 만만치 않은 이동거리 때문에 둘러보기 힘든 곳이지만 칸 교수의 지원으로 이곳 경찰 무장차, 군인 무장차가 각각 앞뒤로 고석 일행의 차를 칸보이하면서 빠르게 둘러볼 수 있었다.

　병원 탐방 후에 늦은 오전에 출발하는 상황이었고, 페샤와르 시내는 북적이는 시장과 곳곳에 펼쳐진 도로공사로 인해 차량 이동이 쉽지 않을 것으로 보였는데, 무장 경호차가 앞에서 홍해의 물을 가르듯 사람 인파를 헤쳐 길을 터주어서 접경지 산악지대로 쏜살같이 주파하는 것이었다.

　고석은 험준한 중앙아시아의 입구를 보면서, '왔노라, 보았노라, 일하겠노라 중앙아시아 의료를 위해'라고 다짐하였다.

　까마득히 먼 국경에서부터 꾸역꾸역 낡은 화물차들이 뿌연 먼지를 일으키며 가고 오는 모습이 보였다. 저 속에는 세계에서 가장 낙후되고 살벌하고, 척박한 땅에서 인생을 살아가는 많은 인생 스토리가 있겠지 생각했다.

다음날.
서울로 출발 준비를 앞두고 칸 교수가 왔다.
"프로페서 고, 앞으로 우리 페샤와르 노스웨스트의대에

정기적으로 와서 강의를 해주실 수 있겠소?"

"총장님 물론이죠. 제가 의중병원에서 해외의료사업 자문역이니, 돌아가서 병원장님과 상의해 보겠습니다. 신경외과뿐만 아니라 여러 과에 전반적으로 교환교수 프로그램을 만들면 어떨까요? 우리가 장기이식, 외과 분야에는 특히 강점이 있으니까요."

"고 교수 기뻐요. 귀국하면 병원장님과 잘 상의해서 좋은 시스템을 만들어 주시기 바래요. 임상뿐 아니라 연구 분야도 같이하면 좋겠어요."

"아 좋지요. 핵무기까지 개발한 국가와 같이 과학 교류를 하게 된다니 영광입니다."

"아 그렇게 되나요? 하하."

"그리고 또 어제 이곳 신경외과 교수들과 얘기해 보니, 전 세계적으로 무척 휘귀병인 두개경추 연결부 기형 질환이 이 나라에서는 마치 허리디스크 환자만큼이나 많다고 해서 놀랐습니다. 그런 유병률이 참으로 신기하고, 저희가 여기서 그 질병에 대한 연구를 하고 싶은 것도 있습니다.

"물론이죠. 그리고 참, 고 교수는 척추분야뿐만 아니

라, 파킨슨병 같은 퇴행성 운동이상 뇌질환에도 전문가이시잖아요?"

"예. 칸 총장께서 어찌 그리 잘 아십니까? 우리는 서로 신경손상학회나 척추학회에서만 만났지, 파킨슨 학회에서는 만난 적이 없지 않아요?"

"무슨 소리예요. 프로페서 고의 뇌심부자극술이나, 파킨슨병 동물모델에서 줄기세포 실험은 세계적으로 알려져 있습니다. 제가 줄기세포 공부를 하다 보니, 재생력을 가진 줄기세포가 뇌질환, 나아가서 노화 방지에까지 쓰일 수 있겠다는 생각이 들었습니다. 우리 파키스탄은 아직 고령화 사회가 아니지만, 언젠가는 닥칠 문제이고요."

둘의 즐거운 대화와 웃음은 로비 가득 퍼졌다.

"이번에 짧은 방문을 해주었지만, 앞으로 자주 봅시다."

아쉬운 작별을 고하고, 고석은 공항으로 향했다. 귀국 길에는 항공편이 맞지 않아 이슬라마바드 공항으로 향했는데, 고맙게도 이곳 젊은 교수가 드라이버로 봉사해 주었다.

가는 길에 복잡한 인파의 시장을 지나니, 차창 밖으로 갑자기 드넓은 펀자브 지방의 초원과 농토가 나타난다.

펀자브 지역은 인도 북서부와 파키스탄 북동부에 걸쳐 있는 광활한 초원지역으로, 히말라야에서 동서로 흐르다가 파키스탄을 향해 남하하는 인더스강을 끼고 발달한 비옥한 땅이다.

반면에 파키스탄의 남부지역에 있는 모헨조다로에는 인류가 아직 해석하지 못하는 초고대 신비스러운 유적이 영감을 불러일으키고 있다. 동양과 서양, 현대와 고대가 병존하는 이 크고 신비로운 나라에서, 21세기 최첨단의 생물의학이 꽃피워지면 이 나라에 걸맞은 흥미로운 발전일 수 있겠다고 고석은 생각해 보았다.

19
좋지 않은 카르텔

"여기 리야드예요, 별일 없죠?"

"네, 안녕하세요? 이 밤에 웬일이세요?, 아 참, 거긴 초저녁이겠네요."

고석은 휴대폰을 통해 들리는 최명진 대표의 약간 급한 목소리에 무슨 일인가 싶었다.

"알 아흐디 총재가 무척 화가 났어요, 시공사인 코바르와 의중병원 측 황공대 센터장이 서로 따로 의견을 모았나본데, 이들이 PIF 이사회에 출석해서 주장하기를 병원 건립 후에 위탁경영이 아니라 독자적인 책임경영을 하겠다고 주장을 굽히지 않아서 알 아흐디 총재가 건립 사업에 부담을 느끼고, 추진을 홀드하고 있어요. 이곳 PIF 이사진은 내년에 3년째 임기가 종결되면 정부에서 이사진을 완전히 새로 편성을 하는데, 그러면 지금 분위기로 봐서는 차기 우선 사업에서 제외될 가능성이 많아요."

"그 말씀은 의중병원의 사우디진출이 무산될 수 있다는 상황이네요. 다시 추진해 볼지 말지 검토할 것도 없이 말이죠. 그러면 현재까지 진행되어 온 젯다 부근의 다른 신도시 사업 분야들은 어떤가요?"

"다른 개발사업들은 진행되고 있어요. 호텔, 오피스텔 등은 기초공사가 진행되고 있어서, 차기 이사진에서도 사업 승계가 되겠지요."

"안타깝지만 할 수 없네요, 항상 염려되던 NATO 대장 황 센터장이 이번에는 no action이 아니라 wrong action을 한 모양인데요. 언제 서울 오시면 같이 식사하면서 상황을 정리해야겠습니다. 건강 조심하세요."

최 대표와 통화를 마치고 보니, 이 상황은 어쩌면 이제 진엔진에서 생산한 스마트 줄기세포를 임상 연구할 해

외 지역이 하나 사라짐을 의미한다. 오로지 국내에서 발전시켜 임상 진입을 하여야 하는데, 사우디의 풍부한 자금을 지원받지 못하면 규모의 장벽을 넘어서기 힘들다는 것을 고석은 알고 있다. 그리고 최명진 대표가 그간 들었던 사우디의 국영기업 분위기로 보아 다시 킹덤 프로젝트가 살아나거나, 한국에서 다시 연락을 하여 재개할 방법은 없게 된다.

중동의 모래바람은 순풍일 경우에 어떤 에너지보다 강한 추진력을 주지만, 그 바람의 방향이 바뀌면 절대 뚫지 못하는, 포기할 수밖에 없는 검은 흙바람으로 돌변한다. 더 이상 미련을 갖지 말라는 의미다.

그러나 고석은 절대 포기하고 싶지 않다. 전 세계에서 기다리는 환자들을 위해서라도, 사람끼리의 문제는 사람끼리 해결해야 할 것이라고 생각했다.

그렇게 한 달이 지났다. 진엔진에서 생산라인이 내일 시작될 것이란 보고를 주 박사에게 듣고 있을 때, 비아그

라 이규정 과장에게서 휴대폰으로 전화가 왔다.

"고 선생, 내방으로 좀 올라올 수 있겠나?"

휴대폰 스피커로 들리는 낮게 갈라진 목소리는 어제 과음을 한 탓일 거고, 컨디션이 회복되기도 전인 오전에 휴대폰으로 직접 전화하는 것은 좋지 않은 소식일 거라고 고석은 짐작했다. 사람을 만날 때, 비아그라는 대개 사무실 여직원을 통해 메시지를 남기고, 만나자는 의사도 그 메시지로 전달받게 하는 습관이 있다. 그러한 노하우를 체득한 연유야 모르겠지만, 상당히 상대방의 기선을 제압하고, 자기만족을 할 수 있는 방식이라고 고석은 평소 느끼는 터였다.

그런데 지금은 비아그라가 직접 전화로 호출한 상황이다. 가벼운 사안은 아닌 것이다.

서북향의 과장 연구실은 복도 끝이라 인기척이 없는 곳이고, 복도는 그리 밝지 않은 공간이지만 늘 켜져 있는 천장의 등이 있어서 벽에 붙은 이규정이라는 명패는 뚜렷이 보였고, 문은 약간 열려 있었다.

"거기 앉아 보시오."

과장은 창쪽에 배치된 책상에 걸터앉아 있다가 고석이 노크하고 문을 밀자, 앉으라 하며 본인도 방안의 소파 쪽으로 앉는다.

방의 모퉁이에는 골프 퍼팅을 연습하는 좁고 긴 인공잔디 매트와 공을 굴려 넣는 플라스틱 구멍통이 있었고, 책꽂이에 기대어 세워져 있는 퍼터의 금속자루가 창문에서 들어오는 햇살에 반짝이고 있었다. 오전이어서 서향 창을 뚫고 들어오는 햇살은 세지 않게 방을 가로질렀지만, 비스듬히 서있는 금속 막대에 꽤나 강하게 부딪혀, 따로 방안에 조명이 필요 없을 듯해 보였고, 과장의 골프 사랑을 한껏 뽐내며 이 방의 주인공이라고 자랑하는 듯해 보였다.

"고 선생, 말이야…. 최근에 진 뭐인가 하는 회사를 차렸다 카던데…."

"진엔진입니다"

"아 그래. 그 진엔진인가 하는 회사가 말이야, 민철수 교수가 뭐라고 하는 것 같던데 말이야. 좀 문제가 되나 봐."

"무슨 문제인가요?"

고석은 비아그라 과장과 살리에르 민 교수가 또 무슨 트집을 잡아서 회사를 방해하기 시작하는구나 싶었다.

"고 선생이 말이야, 원래 이 의중병원에 척추를 전공하러 왔다가 나유성 교수에게 자격이 밀려서 발령이 안 날 뻔했다가 어찌 파킨슨병 쪽으로 발령을 받아서 지금까지 하고 있는 것인데…. 병원 R&D센터에서 노티하기로는 고 선생의 그 진 뭣인가 하는 회사가 병원에서 회사 설립을 인정하는 조건에 맞지 않는다 카네. 병원에서는 신설 회사를 인정하려면 특허 확보가 되어 있어야 하는데, 고 선생이 특허가 없다카네."

"아 그 말씀이세요? 우리 병원의 R&D센터에는 그 자세한 사정을 이미 보고해 둔 바가 있습니다. 어떻게 된 상황이냐 하면, 진엔진에서 줄기세포 생산에 관한 중요 특허인 윈트 유전자에 관한 특허는 신규성이 인정되지 않아서 현재 특허는 출원 못하였는데, 그 이유는 병원의 R&D센터에서 담당하던 초보변리사가 미숙한 일처리를 했던 때문입니다. 하지만 그 후 줄기세포의 유전자 증강에 관한 플랫폼 기술을 원천특허로 선출원한 상태이고, 그밖에 다른 조그만 주변 특허는 이미 다수가 출원되어 있는 상태이기 때문에 우리 병원의 회사 인정 기준에는 충분하다고 미리 의견을 제출해 둔 상태입니다."

"아무튼 말이야. 나는 과장으로서 고 선생의 회사 설립, 대주주로서의 자격을 인정할 수 없네. 과의 행정대표로서 고 선생이 그 회사를 고집한다면, 규정에 어긋난 원내 창업을 한 것이므로, 교수 자격에 불이익을 가할 수밖에 없는 기라꼬. 그러니 알아서 선택하시오. 어흠."

교수들이 회사를 설립하면 병원에서 교수직을 유지하면서 회사 대표도 겸하게 되는데, 그러한 형태를 원내 창업이라 한다.

의중병원에서는 최고 병원의 자존심이 있어서인지, 교수들의 창업을 다른 병원이나 다른 의대와는 달리, 많이 억제하는 편이다. 아마 진료를 등한시하고 사적인 본인의 회사에 시간을 뺏기는 것을 막으려 하는 취지인 것인데, 고석은 애초에 현재는 치료법이 없는 난치병의 치료를 발전시키기 위해 줄기세포 연구를 시작하였고, 힘든 연구 끝에 유전자 증강 줄기세포라는 최신 전략에 이른 상황에서는 대규모 개발비 조달을 위해서 회사 설립이 최후의 방법인 것이다.

국가 과제가 지급하는 한시적인 국책연구비로는 감당할 수가 없는, 개발에 필요한 막대한 자금을 회사 투자금이라는 펀딩을 통해 해결하려 했는데, 고석은 참으로 새로운 장애물에 부딪힌 것이다. 진엔진은 병원 규정에 맞게 회사 설립을 하였지만, 과 내의 일부 교수들이 일부러 트집을 잡고 악소문을 퍼뜨려 어떡하든지 행로에 방해를 하려는 것이다.

고석은 부임 때부터 있었던 자신에 대한 기존 교수진의 막연한 적대감, 자격지심, 그리고 좋지 않은 카르텔을 새삼 느끼고 더욱 오기가 발동하며 두 주먹을 불끈 쥔다.

'여기서 엔진을 멈출 수는 없지. 비아그라 이 양반 어디 두고 보자'라고 생각하면서, 고석은 이렇게 말하며 일어났다.

"과장님께서 문제점을 미리 알려주시니 고맙습니다. 앞으로 좋은 아이디어를 내서 그 문제는 한번 시정해 보도록 하겠습니다. 하하."

고석의 여유 있는 대응에 비아그라는 기분 나쁘다는 표정으로 입술이 일그러진다. 그리고 소파에서 일어나며 외친다.
"그만 나가 보게"

20
신의 자물쇠, 인간의 열쇠

"자, 세포 봅시다."

전신마취 하에 환자는 척수의 신경이 노출되어 있는 상태이고, 이제 수술의 가장 중요한 부분인 줄기세포를 주입하는 단계를 앞두고 있다.

배양되어 준비된 세포는 연두색 투명한 10㎖(밀리리터) 크기의 시린지에 담겨 있었다. 이 시린지도 세포에 대한 독성을 최대한 없앤, 특수재질이다. 그 속의 죽처럼 걸쭉한 세포액을 고석이 다시 5㎖ 크기의 시린지에 3㎖를 먼저 넣고, 나머지 세포액은 1㎖ 시린지 두 개에 각각 나눠서 채운다.

정밀한 수작업이므로 숨을 멈추고 손가락을 움직여야

하는 순간이 잦았다. 작은 주사기는 척수 속으로 직접 주입할 세포를 담고, 큰 주사기는 척수 바깥과 신경막 사이의 얇은 공간에 뿌릴 것이다. 이러한 방법도 그간 파일럿 스터디와 제3상의 임상연구를 통해 고석이 정립한 외과 술기이다.

'사실 여기에 세포를 머금을 수 있는 생체 지지체만 개발된다면 효과는 더 상승할 텐데'라고 중얼거리면서 역시 무균 수술장갑, 수술복을 입고 환자 맞은편에서 어시스트로 서있는 정 선생에게 1㎖의 작은 주사기를 건넨다. 주사기의 끝을 잘 잡고 있어라 지시하고 고석은 카테터로 연결된 27게이지의 작은 버터플라이 주사바늘을 수술 현미경으로 보면서 척수표면에서 혈관이 없는 부분을 향해 5mm 깊이로 조심스럽게 찌른다. 여기서 척수의 박동에 손이 흔들리면 1mm 옆에 붙어있는 혈관을 터뜨리게 되고, 그 순간 척수가 부으면서 이미 손상된 척수에 더 가혹한 대미지를 주게 되는 것이다.

성공적으로 바늘을 찌른 다음에 고석은 나지막이 정 선생에게 지시한다.

"자, 밀어넣어, 천천히."

현미경으로 보면, 척수 안으로 세포액이 들어가면서 서서히 척수가 부풀어 오르는 것이 관찰된다.
 '너희들이 잘해야 돼.'
 고석은 세포들에게 속삭이듯이 기원한다. 오늘 넣어 주는 세포 속의 유전자들이 발아하면서 전달RNA가 세포핵을 뚫고 나와 세포질에서 영양물질을 뿜어낼 것이다, 적어도 3주간은….
 이후는 컴퓨터의 절단된 케이블 같은 축삭이 잠에서 깨어나 아래 방향으로 자라기 시작할 것이며, 상처를 감싸고 있던 딱딱한 섬유조직이 영양물질의 공격으로 서서히 녹으면서 자라 내려가는 축삭에 줄탁동시 격으로 문을 열어 주겠지.
 이들의 목적지는 상부에서 신호가 내려오기를 수년간 기다리던 전각세포들….

 지낫은 프랑스로 피아노의 꿈을 키우러 유학 간 20대의 젊은 파키스탄 여성. 졸지에 타국에서 당한 교통사고로

들것에 실려 귀국했다. 꿈을 잃은 젊은 연주자와 나이 많은 아버지는 그렇게 이곳 노스트웨스트병원 신경외과 외래를 찾았다.

질병은 다 불행을 가져오지만, 갑자기 입은 사고와 전신의 마비는 우리네 세상에서 그 안타까움이 비교가 힘들다. 신이 대체 무슨 뜻으로 하는 것인지는 모르지만, 이렇게 회복이 되지 못하게 그분이 자물쇠로 막아 놓은 손상된 척수를 이제 우리가 만든 인간의 열쇠로 풀 수 있기를 고석은 갈망하면서 수술을 침착히 진행한다.

같은 과정을 3번 더 주입하여 미사일 공격을 마치고, 인해전술 격으로 큰 주사기에 담긴 마지막 줄기세포를 척수 밖에 뿌리고, 세포액의 누수를 막기 위해 신경막을 실로 세밀히 봉합하는 마지막 단계를 마쳤다. 봉합된 신경막 위에 생체풀을 뿌리고 난 다음에 고석이 외친다.

"오케, 퍼펙트! 정 선생 머슬 클로져(근육봉합) 잘하고, 드레인은 하프 프레셔로 두고, 일반병실로 갑시다."

"옙, 알겠습니다. 교수님."

"굿잡"

"It was great. Sir!"

스크럽 간호사와 순회간호사가 인사한다.

칸 총장은 주수술이 끝남을 연락받았는지, 사무실에서 수술장 내 인터폰으로 연락해 왔다.

"하이, 프로페서 고. 유 디드 그레잇 그레잇 잡, 유 메이드 어 히스토리!"

"땡큐 프레지던트 칸. 드 퍼스트 스텝 이즈 굿, 위 슈드 웨잇 앤 씨."

그간 진엔진 회사는 의중병원에서 문제를 삼아 고석이 회사를 케이셀의 윤상아 대표에게 이양을 할 수밖에 없었다. 윤 대표는 내켜하지 않았지만, 세포의 배양, 생산에는 일가견이 있는 회사 운영자라 성공적으로 진엔진을 유지해 나갔다. 진엔진에서는 1년 만에 인간 줄기세포에 윈트 유전자를 삽입하여, 축삭재생 능력을 2배로 증가시킨 스마트 줄기세포를 안전하고 대량 생산할 수 있는 기술을 성공적으로 개발하였다. 선출원해 놓았던 유전자 증강 줄기세포와 신경영양물질 분비에 관한 특허를 국제특허로 인정

받는 쾌거를 이루었다.

　최초의 스마트 줄기세포를 이용한 임상연구는 파키스탄 페샤와르에서 칸 총장이 협업하기로 하여, 노스웨스트병원에서 환자를 대상으로 우선 시작하였던 것이다.

　세포의 특성상 면역억제제를 사용하지 않아도 되는 자가골수를 이용하기로 전략을 세팅하고, 파키스탄에서 채취한 환자의 골수를 항공으로 운송하여, 한국 공장에서 한 달간 줄기세포만 분리, 배양, 증폭하고 여기에 병행해서 영양인자 분비를 관할하는 윈트 유전자를 플라스미드와 바이러스에 붙여 그 숫자를 증폭시켜 확보해 놓은, 소위 말하면 유전자 수프를 줄기세포와 합친 것이다. 이러한 복잡한 청정 생산 과정을 거친 후 다시 페샤와르의 환자에게 공수해 온 터이다.

　이론적으로는 안전성과 안정성, 치료효과를 극대화한 세포치료제이지만, 그 비용이 몹시 높아서 치료제로서의 성공 여부를 섣불리 낙관하기에 어려울 정도이다. 그나마 다행히 이곳 노스웨스트병원에서 입원, 치료에 관한 비용은 부담을 하기로 한 상태라 10명의 파일럿 스터디는 현재의 진엔진 여력으로 감내할 수 있다고 결론을 내렸다.

이 파일럿 스터디에서 치료 가능성을 조금이라도 보여주는 것이 지구상에 척수재생 치료제가 탄생하느냐, 한동안 미뤄지느냐를 판가름할 것이라고 고석은 칸 총장과 계약을 할 때부터 생각하였다.

3주 후.
"지낫, 하우 이즈 잇 고잉?"
"헬로, 프로페서 고."
밝은 표정으로 노스웨스트 병실에서 지낫이 어제 한국에서 다시 이곳으로 온 고석을 맞이한다. 수술 후 일주일간 바이탈 조절 후에 본격적 재활치료를 위해 환자는 노스웨스트병원 재활의학과에서 치료 중이다. 재활센터의 설비는 그런대로 괜찮은 편이다. 환자의 표정이 밝다는 것은 긍정적 신호이다. 뭔가가 좋아졌다는 것인데, 그것이 무엇인지 고석은 알고 싶었다.
"지낫, 요즘 재활치료 열심히 받고 있죠? 혹시 뭐 좀 달라진 것 있어요?"

"네, 팔다리가 온기가 도는 것 같고, 저린감이 생겼어요. 아프지는 않고요."

"지낫, 지금까지 매우 잘하고 있어요. 재활치료 열심히 받고, 3주일 후에 근처병원으로 가도 여기서 배운 재활운동을 열심히 해야 합니다."

서울에서 같이 온 정 선생이 회진 후 복도를 걸어 나오며 말한다.

"환자분이 정말 좋아지셔야 할 텐데요."

정 선생을 힐끗 쳐다본 후 고석이 말한다.

"우리는 가운을 입고 환자를 치료하는 의사이기는 하지만, 넥타이 매고, 친절하게 진찰하고, 병을 설명해 주는 내과 젠틀맨들과는 좀 거리가 멀지. 수술칼로 수술을 해서 치료하는 칼잡이이니까, 어찌 보면 우리는 '가운 입은 무사'이지. 그런 우리가 이제 새로운 무기를 가지게 되었어. 세포라는 것이야. 앞으로 어디까지 발전할지 모르지만 지금 우리가 가능성을 찾아내야 할 거야. 후세에는 반드시 척수마비 환자의 치료방법이 나와 있을 것인데, 그것의 시초가 지금의 우리가 되어야 하는 거야."

외과의사, 그들은 냉혹하다. 때로는 매우 잔인할 정도

다. 트레이닝 기간 그들이 싸우는 것들이 질병이었든, 치료하던 환자의 운명이었든, 배신당한 전투의 기억이 드물지 않게 있었고 최선을 다했지만 허망하게 놓쳐 버리는 환자를 수없이 겪은, 반복된 상실감을 맛본 무사들이기 때문이다. 적어도 병원에서는 젊은 제자들이라는 팀원을 거느리고, 가정에서는 성장한 자식들을 두고, 성숙함이 좀 스며드는 50대가 되기까지는 앞뒤 안 보고 병을 향해 돌진하는, 칼 든 전사인 것이다. 끝없이 달려오는 병든 환자들의 병마와 싸우는 가운 입은 무사 말이다.

수개월 후.

고석이 병동 일을 마치고, 회의실로 향한다.

"당신들 말이야, 은혜를 저버리는 일을 해서는 안 된다는 거야. 결핵균을 발견해서 유명해진 독일의 코흐 있잖나. 사실은 와이프가 생일 선물로 사준 현미경을 가지고 좋아서 이것저것 관찰하다가 결핵균을 발견한 거거든. 근데 자기가 유명해지니까, 와이프와 이혼해 버린 거지. 일반인들은 혹시 그렇게 간사해도, 우리는 그러지 말자 이거야. 와이프 입장에서는 얼마나 분통 터질 일이겠니? 우리도 가끔 열심히 병 고쳐주고 나니, 병원 복도에서 잘 걷게 되었으면서도 막상 퇴원할 때 의사에게는 수술받고 나니 더 아프다고 말하는 사람들 있지. 그런 경우야, 카카."

오랜만에 듣는 마 교수의 또 다른 신경외학 강의가 재밌다.

'그래도 오늘은 의학에 관한 주제이기는 하네' 생각하며 고석은 3개월 전 유전자 증강 줄기세포를 이식받은 환자를 영상통화로 만나기 위해 바삐 복도를 거쳐서 교수용 엘리베이터를 탔다.

"오 이게 누구신가. 고 교수 오랜만이요."

"아, 병원장님 안녕하세요. 별일 없으십니까?"

"그동안 파키스탄 가서 수술하시느라 바쁘시던데. 병원은 아주 좋아요. 그래서 줄기세포 임상연구는 잘 진행되고 있어요?"

"네. 마침 오늘 페샤와르에서 유전자 증강 줄기세포를 이식받은 1호 환자분이 노스웨스트병원 외래에서 담당의를 만나고 있다 하여, 환자분과 영상통화하러 가는 중입니다. 그동안 이메일 연락으로 상지힘이 좀 좋아졌다는 것은 듣고는 있었는데요, 오늘 영상통화를 통해 환자와 직접 확인할 것들이 있습니다."

"그래요 축하하고요, 꾸준히 하다 보면 큰 발전이 있을 거예요."

"감사합니다. 원장님."

"사우디와는 좀 진전이 있나요?"

"네. 그 상황을 다음 주 미팅 때 정리해서 말씀드리겠습니다."

"그럼, 다음에 봅시다. 먼저 내립니다."

" 하이 지낫!"

" 헬로 프로페서!, 나이스 투 씨유 어게인!"

휴대폰 영상 너머로 휠체어에 타고 있던 환자는 반갑게

인사를 한다. 휠체어에 앉아 있지만, 앉은 채로 상체를 버틴다는 것은 그만큼 힘이 좋아진 걸 의미한다.

"자 주먹 좀 쥐어 볼까요? 양손 모두요."

주먹을 쥐었다 폈다 하는 동작이 꽤 활발하다. 6/7번 경추의 손상이어서 어깨, 팔꿈치는 비교적 잘 움직였지만 손목부터는 마비가 심했던 환자인데, 손목과 주먹에 모두 왕성한 움직임을 보여준다. 고석은 그전 1세대 줄기세포 치료와는 상당히 향상된 결과가 나타남을 직감한다.

8층 회의실에서 옆에 서서 지켜보는 정운현 선생도 눈치채고 있었다.

"정 선생, 프로토콜에 기록 잘해 두고…. 지낫, 무릎 당겨볼까요?"

"아직 다리 힘은 변화가 없어요, 프로페서."

"아 아직 하지는 더 기다려 봐야겠네요. 재활치료로 잡고 서는 연습도 하지요?"

"예, 그것도 하고 있어요. 아직 전혀 다리를 떼지는 못하지만 왠지 곧 될 것 같아요."

"네, 우리 한번 노력해 봅시다."

21
완성의 조금 전

칸 총장의 2층 테라스에서는 초저녁인데도 밤하늘의 무수한 별이 보였다. 11월에 다소 쌀쌀한 날씨이지만, 공기는 상쾌했고, 셔츠에 덧조끼 하나만 걸쳐도 충분히 견딜만 했다.

칸은 흰 와이셔츠와 흰바지를 입고 파란색 긴소매 니트를 걸쳤는데, 바지 위에는 또한 흰 천으로 무릎 위까지 치마 같이 걸친 의상을 입고 있어서, 사우디 아라비아에서 남자들이 입는 길게 발목까지 내려오는 '토브'라는 전통의상의 다른 형태로 여겨졌다. 그의 피부는 짙은 갈색이고, 밝은 수염과 머리카락이 전형적인 60대 파키스탄인을 느끼게 하는데, 안경 속에서 세월에 지지않는 번쩍이는 눈이 이곳 페샤와르 지방에서 굴지의 병원과 의대를 세운 강한 의지와 기민한 인지력을 보여준다.

"프러페서 고, 오늘 먼 길을 오셔서 피곤할 텐데, 이 커피를 마셔 보세요. 나는 커피에 올리브유를 서너 방울 넣어서 마시길 좋아하는데, '콜리피'라고 이름 붙였어요, 하하. 올리브유가 피를 씬하게 해주고, 정신이 맑게 유지되는 거 같아서 내가 즐기는 방식이죠."

"음~ 커피향과 부드러운 올리브가 섞여서 맛이 좋습니다. 칸 총장님은 무슬림이신데, 서방의 스타일을 좋아하는군요."

"의학은 공통의 사이언스이고, 그 목적이 사람을 구하는 것이니, 동양과 서양, 중동이 따로 없겠죠. 인종과 종교를 넘어서 가장 공통적 가치를 많이 공유하는 집단이 우리 의사들 아닐까요? 하하."

"그건 그렇습니다. 특히 우리 뉴로서저리는 외과 중에서도 더욱 소수의 영역인 뇌와 척추 분야이므로, 좀더 서로 밀접하게 공유하는 부분이 많은 것 같아요, 학술대회에서도 자주 만나서 나라는 다르지만 서로 낯들이 익지 않습니까? 하하."

고석도 유쾌하게 맞장구를 쳤다.

"코리아에는 1,000년 전에 장보고라는 해상무역의 영웅이 있었습니다. 한 번도 제국이 되어본 적이 없는 우리 역사에 개인의 힘으로 역사에서 유일하게 중국과 일본, 동남아시아 해역을 무역으로 누볐으니 참으로 신기하고 자랑스러운 선조이지요. 저는 1,000년을 넘어 의사 장보고가 이제 나올 수도 있다고 봅니다. 질병이 더욱 다양해지고 노화가 인류에 닥친 재앙의 하나가 되어 가고 있는 지금, 훌륭한 치료법을 가지고 전 세계에 전파하는 것은 장보고 시절의 무역보다도 인류에게 더 절실한 아이템이 아닐까요? 페샤와르가 21세기 의사 장보고의 첫 교역지가 되어 주시면 합니다."

"프러페서 고, 페샤와르는 당신을 위해, 당신의 스마트 스템셀을 위해 모든 것을 도와 주겠어요, 교역지이든, 기착지이든. 이곳은 코리아보다 디밸럽은 덜 되었지만, 지역은 넓고, 젊고 밝은 사람들로 가득 찼어요. 그리고 우리도 스마트하답니다. 하하. 핵폭탄도 독자적으로 개발했잖아요. 하하.

"그러네요. 하하하."

고석이 이어서 병원 얘기를 꺼낸다.

"오늘 노스웨스트 외래 진료를 온 지낫을 병원에서 만났어요. 그간 퇴원해서 집 근처 병원에서 재활치료를 이어가고 있어서 지난번 화상으로 봤을 때보다 더 힘이 좋아진 것 같아요. 무척 고무적입니다. 아직 휠체어에서 일어설 수는 없지만, 발목을 움직이는 걸 보니, 우리가 최종 목표로 설정한, 보행까지 가능할지 한 번 기대해 볼 수 있겠어요. 피아니스트를 열망하던 젊은 지낫의 의지력도 예후에 긍정적인 팩터입니다."

"닥터 고, 저도 지낫을 응원합니다. 그녀가 얼마나 좋아질지는 두고봐야 하지만, 의학적 진리는 늘 통계에 있다는 걸 우리 알잖아요. 만일 지낫이 스스로 걷는 정도까지는 회복이 안 된다 하더라도, 앞으로 치료할 더 많은 환자의 통계적 결과가 사실에 가까운 설명을 해주겠지요."

"그렇지요. 무엇보다도 포기하지 않고 진엔진의 연구가 계속되어야 하고, 임상에 참여하여, 수술과 힘든 재활치료를 견뎌내는 환자분이 끊이지 않아야겠지요. 저는 우리의 도전이 파키스탄과 한국, 그리고 사우디 아라비아 등지에서 이어지기를 바랍니다."

"그런데 닥터고, 스마트 스템셀이 중추신경계의 다른 영역도 어플라이가 가능하지 않을까요?"

"물론입니다. 스마트 스템셀은 줄기세포가 원래 가진 조직 복원력에 신경영양물질을 극대화시켜 분비하게 유전자 증강을 한 세포이므로, 얼마든지 그 병소 부위의 필요성에 맞춰서 유전자와 줄기세포를 적용할 수 있습니다. 그러니까 예를 들면 어떠한 화물열차이든지 정차해서 적절한 짐을 실어서 출발시킬 수 있는 일종의 플랫폼입니다. 척수손상에서는 지금 축삭재생을 위해 윈트 유전자를 보강했지만, 엔지에프나 비디엔에프 같은 뇌에 관계있는 유전자를 보강하면 치매나, 뇌손상에 효과를 볼 수 있을 것이라 예상합니다."

"오우 대단한 가능성입니다. 우리가 이 대목에서 콜리

피 대신에 와인이라도 한 잔 해야겠는데요? 내가 무슬림이라는 게 아쉽군요. 하하."

"천만에요, 저는 지금 이 페샤와르의 청량한 밤공기와 콜리피를 마시니 와인보다 기분이 더 좋아집니다."

"그런가요? 허허. 그런데 닥터 고, 지금 말한 뇌영양물질 유전자를 이식한다면 그 과정에서 기술적 난이도는 어떨까요?"

"그리 어렵지는 않을 것으로 봅니다, 다만, 뇌 전용 스마트 스템셀을 개발하여 실험실에서 동물모델에 효과를 입증하더라도, 임상에 진입하기 위한 각국의 보건부서에서 허가를 받는 과정, 그리고 대량생산의 경제적 비용이 장벽이겠지요. 그것뿐만이 아닙니다. 천신만고의 노력 끝에 환자를 대상으로 임상트라이를 할 때 효과가 입증되지 않으면, 작은 회사는 큰 손실을 감당하기가 쉽지 않지요."

"음, 식품과 민간요법이 치료제로 쓰이던 시절에서 화학약제의 시대를 지나 이제는 화학물질, 항체치료제, 유전자 치료가 혼재하는 시대에 다시 유전자 증강 줄기세포라는 방법론이 등장한다면, 더욱 다양한 의학세계를 맞이하게 되겠군요. 우리 인체에 필요한 단백질을 세포를 통해 후

천적으로 생산하게 만드는 꿈의 신약이 되겠습니다. 특히 복원을 통하지 않고는 치료 방법이 없는 중추신경계의 난치성 질환에 대해서는요."

"네, 칸 총장님을 이제야 제대로 설득했나 봅니다, 하하하"

"그런 셈이 되었나요?, 사실 닥터 고가 한국에서 진엔진 설립에 쉽지 않은 주변 장애물을 극복했다는 얘기를 들었는데, 나는 한국의 진엔진을 관심있게 지켜볼 것이며, 이곳 페샤와르에서 두 번째 환자 캔디대이트가 나서면 '진엔진 파키스탄'도 제안하고 싶습니다."

"사실 스마트 스템셀과 같은 맞춤형 세포의 생산과 수송이 매우 까다로우므로, 현지 연구소가 매우 필요합니다, '진엔진 파키스탄'에 찬성합니다."

두 사람은 굳은 악수를 하면서 큰 웃음을 터뜨리는데, 그 울림이 페샤와르 맑은 밤하늘의 가장 높은 데서 반짝이는 별까지 솟아 올라갈 듯 쩌렁거린다.